古‧惑 I

〈小青〉

〈舞月光〉

月輪 著

博客思出版社

目次

前言

特別得提，這一篇小說是改編自《白蛇傳》的故事，同時也有我對我最敬愛的女作家李碧華小姐的《青蛇》的致敬部份，因為若不是《青蛇》這部小說，我絕不會開始寫我的第一篇小說和下定決心做作家，所以希望能借此小說表達對她的敬意。

小青

小青一輩子只愛過兩個人，白素貞和法海。

小青

第一章

今天終於是五百年後的第一天，喲，真是太久了。青蛇迫不及待轉過身來，褪去由頭到腰的蛇皮，張開眼睛，湖水以上是刺眼的陽光。

太久沒活動，伸個懶腰，擺了一下蛇尾，湖水泛起一陣漣漪，還是不懂安份的水。好不容易煉成半人形，這下開眼，五百年又似乎不是想像中的難過吧。

五百年前原是一條青色的蛇而已，誰知得罪了一道士，被迫給丟下水去，自此得苦修成人，方得自由。可要成人，先成妖，還要五百年方有一機會成人，做不成，又得退回妖界，再次修煉。其實誰不想在做蛇之時，多積陰德，命了後輪迴成人，現在又要多花時間，真是可惡。

「什麼妖物在吵我午睡？」一把女聲悠悠傳出，聽似不耐煩，可語氣又不是在動怒。

「你是誰？」青蛇也懷疑著，太久沒為意，身邊多了什麼鄰居也不知。見無回應，青蛇只好慢慢游過去聲音的來源，妖精的聽力可不是一般的好，想起做動物時，連有人經過都聽不清，現在長出耳朵，聽力格外麻利。

游著，就看到一個拖著比她蛇尾還長的女蛇妖，腰如柳條輕擺著，一副從容的姿勢，聽見有東西游近，妖氣相近，她敏捷的轉身，媚俗的笑著。

第一章

「原來是同類。」她呵氣。

同類不一定代表友好，二人一相視，天性的毒辣善妒立刻湧上心頭。妖怪不敢也不能照人類的鏡子，因為只能看到自己非人的一面，弄個看到人形的鏡子，只有自己時，當然是天下最美啊。可一見有別的女妖和自己近乎平分春色，就恨不得先把她毀了。

二人大打出手，用最毒的蛇尾糾纏在一起，互放毒汁，湖水頓變混濁不清，隨後再施妖法，互擊對方腹部要害，若不慎，遭打中致上下半身分離，再有千萬年也修不回來啊。

白蛇功力和修行比青蛇多一倍，很快就佔進上風，青蛇吸入毒汁，開始不省人事，全身劇痛，倒向白蛇的方向，本來白蛇正準備一擊把她粉碎，可見她突變柔軟淒美，心一動，轉向迎她入懷，還對她的口呼進一口真氣。

她迷糊甦醒，只見白蛇對她溫婉一笑，自己昏迷前感到的劇痛都不見了。二人摟在一起，面面相覷，都沒再說話，白蛇眼波傳情，青蛇一呆，只懂往白蛇胸口鑽去。見她害羞，白蛇親了青蛇的額頭一下，轉身把青蛇壓在底下，水中又一陣的湧浪。白蛇妖媚的笑著，向著青蛇呵氣，又扭著腰枝，不停撩動她蛇尾。

「我美嗎？」她輕聲耳語。

青蛇不懂反應，只知全身一陣癢勁兒，弄得自己呵呵大笑，想擺動身軀止癢，又給白蛇壓得不能動彈，活活受她的挑逗。

白蛇見她只懂笑，不說話，沒趣得很，於是放開她。

青蛇馬上反彈，揚起偌大的波浪。

「還未開竅。」白蛇冷言，不高興。

「開竅？是什麼來的？」

「要成人，得先開竅。要開竅，得有個引。」

「什麼引？」

白蛇轉身一笑，恰恰今年又是一個成人的好時機，就打算帶這妹子上去一趟。

「想不想去人間修煉？說不定你有慧根，上去一次就可得道成人。」

「好啊。」青蛇聽到能成人，就精神起來。

「上水後，叫我姐姐。」她又笑。

青蛇不理什麼姐不姐，聽她的話，就好。

二人上了水，西湖正下著細雨，游人甚少，白蛇一得雨滋潤，立刻伸出舌頭舔著雨露，青蛇也跟著學，不知何時起，她做什麼，自己也要學著。水，是她們最好的朋友，有水的地方，她們就可以靈活的動著，游著。若女人如水，蛇妖應該是修煉成女人最合適的妖精吧。

白蛇先上水，見她很快就把尾巴變成兩根分離的東西，直立的站在石頭上，連打扮也有所不同。

「姐姐，你的尾巴呢？」

「人都沒有尾巴的，來，你也要變成這個樣子哦。」

青蛇按照白蛇的打扮，也算變得似模似樣的。

「上一次上來，忘了收尾巴，差點給打死了。」

青蛇看見白蛇的表情，也像懂得，尾巴萬萬不能露出來。

白蛇五百年沒有上來，今日一見，又是一番不同的景象，何年何月，她都不清楚了。只是，雖然景色都不同了，可熱鬧的感覺，沒變過。

「姐姐，我們要去哪兒？」

「我們要去找一樣叫『酒』的東西。」她還記得這樣東西的神奇。

白蛇於是用她下身那如西湖柳樹幹一般的東西向前左扭右扭的走去。

「姐，等我。我……我要怎麼動啊？」

白蛇轉身見妹子笨拙無助的樣子，大笑了起來。

「你要成人，得先有人的形啊。人都是用雙腳走路，用雙手吃東西的，你看我，把其中一隻腳向前動，接著第二隻，你就可以走路了。」

青蛇未掌握好，可她猜，若做不好，可能會像露尾巴一樣有可怕的後果。於是，她數著「一、二，一、二」，跟著姐姐走去，可蛇的步法，總是有點左搖右擺的，腰的靈活度，都是比常人好上萬倍，於是就自然而然的在扭。可她們不會在意，也難改。可人看了，總覺其造作，風情萬種，有所企圖一樣。

二人先到了一片樹林，吃飽再算，因為在市集妖精就不可肆意進食了。二人在樹林左穿右插，把不同的小動物吞進肚子。動作伶俐，又不粗暴，不近看，只像兩個在百樹之間飛舞的女子。吃得飽了，就倚偎在樹上休息，蛇尾也可以垂下來。

「累死我了，不用走路真好啊。有東西吃真好，修煉時都不能吃東西。」

青蛇睡在白蛇的背上。

「你知道我上次來人間，得了個名字。」

「名字？」

「對，就是別人叫你的一個稱呼。」

「那姐姐你叫什麼名字？」

「白素貞。」

「是什麼意思啊？」

「我也不知道，上次來人間匆匆，在一學堂聽見一首詩，『青女素娥俱耐冷，月中霜裡鬥嬋娟』，很是喜歡，本來是想叫素娥的，可後來遇見一個書生，和他有過一面之緣，他還救過我一命。」白蛇立刻甜笑起來。

「他對我唸起一首詩，『關關睢鳩，在河之舟，窈窕淑女，君子好逑』，他說嫦娥長

第一章

困廣寒宮，孤清可憐，不好，我於是叫她賜我一字，他就說：『叫白素貞吧，和你氣質很接近。』」白蛇一想起他，高興的不停在樹上來回蠕動。青蛇看得不明所以。

「那他叫什麼名字？」

白蛇突然靜下來。

「我不知道。沒問到。上次上來意外的去喝了酒，感到全身輕飄飄的，蛇尾又快要露出來了，落魄得很。我就搖晃到一個暗角，感到全身熱呼呼的，蛇尾也要跑出來，還要脫皮呢，可當時和西湖距離很遠，我感到很無助。全身的妖氣四散，幸好下起了一場雨，我立刻在雨中洗刷自己的身體，讓自己冷靜下來。當蛇尾收回去時，他就來到了。他撐著傘，見我淋著雨，立刻替我打傘。我當時就知道自己開竅了，一見他，我就失控了，心整個像凹了一樣，迫不及待的吻他，他措手不及，也不反抗，可當我想和他交合時，他就縮開了。」白蛇一邊回想，一邊親吻著青蛇，可此刻，白蛇又靜下來了。

「他說：『這太快了，不行。』我覺得他好笑，就羞郝的笑起來，他就唸起那首詩，我說我叫白素娥，他就替我改名。當他想介紹自己時，一個道士出現了，他感受到我的妖氣，就準備來收我。我很怕，叫他帶我走，去西湖，他就抱著我走，還回頭看了一眼丟在街上的傘。道士很快就追上來，叫他放下我，我又剛脫皮，還回不了真氣，無法還擊。心想要死了，可這時他用身子擋著道士的追捕和只對妖精有效的攻擊，叫我先走，我見西湖已不遠，道士又不會傷害他，於是縱身跳下去了，他一定以為我死了。這下回了西湖，等同放棄了繼續修行的權利，就等於又要等五百年才能找回他，可他，一定已經再轉世為人，把我忘得一乾二淨了。」

青蛇一時消化不來白蛇時而快樂，時而失落的情緒，不過，她對書生無興趣，反而對名字有興趣。

「姐，我也想改名字。」

白蛇知道她還未明白，也無法多說。

「名字得自己喜歡才行，不過你是一條青蛇，我第一首聽的詩又有『青』字，名字有個『青』字就好一點。」白蛇妖嬈的望著她，姐姐要她有個「青」字就一定得有這字。

「這字怎樣寫？」

白蛇在她手心，劃出一個「青」字，法力所然，「青」字浮在空中，現青色，青蛇一看就喜歡。

「記住了嗎？」

「記住了。」

「至於全名怎樣，待你去了人間再用自己的感覺找吧。」

青蛇還在沉醉於這字時，白蛇就睡著了。

第二天，她們又在樹林覓食，待午間再到市集。

青蛇偏好有泥土味的蝸牛，在地上鑽來鑽去，正看中一蝸牛，伸口想咬，忽聞一陣刺鼻攻心的味道，白蛇立刻抽她上樹躲著。二人偷偷地看著事情的進展。

一個年紀約三十的和尚，手持一八卦鏡，正追著一隻蝸牛精，二人經過之處，風起雲湧，正和邪的追逐，糾結了上天。蝸牛啊，變了妖怪都跑不快，見妖精又老，很快就給捉到。和尚一腳踹他，蝸牛精跌倒在地，八卦鏡一照，蝸牛精顯得苦痛不堪。

「法海大師，請給我一個機會，我只是想拿點東西給我孫子吃而已，下次不會了。」

「人就是人，妖就是妖。不理你們修行如何，也該除掉，否則影響六道輪迴，天地正道。」

「求求你大發慈悲啊，我的孫子快餓死了，我們貪個棲息地而已，成妖只因曾作惡，需反省才得成人，再成佛，我們何嘗不想為自己種下的孽償還呢？」

「妖怪有違六道，你們得下地獄道，為所作之事作真正的償還。」

法海不欲多談，拿出念珠把其綁住，再用八卦鏡把佛光打在他身上，念珠一收緊，蝸牛精已煙消雲散，念珠在空中轉了幾圈。

青蛇隱約聽見那隻差點給她吞下肚的小蝸牛，喊了一聲「爺爺」。

法海忽然轉移視線，姐妹倆的妖氣不比蝸牛精小，白蛇意識到危險，正想出招。可忽然遠方傳來一名婦人的大叫聲，救人比滅妖重要。法海就冷冷一道：「這次先放過你們，若再多待，必定滅了你們。」之後就跑走往婦人聲音的來源。

青蛇目送著他的背影離開。

「這個和尚法力高強，記住輕易別招惹他。」白蛇囑咐著。

青蛇點點頭。

二人下樹，青蛇望著還在原地的蝸牛，忽然，她覺得自己飽了。

法海看見一名孕婦躺在地上，似是作動要生了，他滅妖厲害，卻從未接生。這下難倒他了。他趕過去，婦人胸口的衣服半開，能看見她漲著的乳房，法海覺得十分難堪，可若不幫，一個小生命會就此喪生。

經過一輪呼吸的轉換，小孩的頭開始出來了，他用收妖的雙手替婦人把血淋淋的嬰兒拉出來，他的心難以言喻的煩，是個男孩，從她的陰道出來，他從無見過的畫面，比任何收妖過程血腥，任何時刻更貼近生死。一念之間，一死一生。

他把小孩放在婦人身邊，他望著小孩，竟想起方才收了的蝸牛精，不，他不可能得道成人，他是一隻妖精。

只是巧合。

可他消除不去這個巧合，他親手滅了一隻妖精，又一手救了一個嬰兒，凝視著血腥的手，有時生比死還血腥。

他離開了婦人和她的孩子，上山打坐去。

孩子睜眼望著天，嘻嘻笑著，雨過天晴，陽光眷顧這對母子，而小蝸牛，慢慢的，也

第一章

爬進有陽光的地方。

吃飽後，青蛇又要走路了，得道的第一步，總是走的特別困難。

就這樣一擺一擺的，她們去到杭州的市集，這兒人頭湧湧，熱鬧非常。

「和我上一次上來的景色雖然不同，可感覺還是一樣的繁盛。」白蛇喃喃。

「姐姐，這裡好多東西看哦，我喜歡這個。」青蛇指著一個如意結腰飾。

二人走了過去小攤，青蛇拿起腰飾瞧，喜歡得很。

「美女啊，你真識貨，這個腰飾配你的樣子和衣服，立刻變了仙女下凡了。」

青蛇一聽「美女」二字，笑開了，打算拿著腰飾轉身就走。

「哎，你還未付錢。」小販叫著。

白蛇一醒，對，在人間要東西，得付錢。

「對不起，我妹妹她太開心了，一時忘了付錢。不好意思，請問一句，你們現在是什麼朝代？」

小販不解，這是什麼問題？

「現在？是宋代啊，你不知道嗎？」

幸好問了，她還掂著唐代呢，可一見百姓衣著不同，女的穿衣保守，腳又小，怎似得自己和青蛇一身較為開放的衣著，就顯突兀，不知在人眼中，她倆像什麼？

「你們用的是什麼錢？」

小販覺得這對姐妹真奇怪，可又不似會騙人的，只好解釋。

「我們有銅幣，會子，白銀也收啊。」見小販說著白銀時嘴角上揚，白蛇就隨手拈來一錠白銀給他。

「謝小姐。」小販雙眼發光，就覺她們的奇怪問題都無所謂了。

青蛇看著覺有趣，人類真易唬弄。

青蛇第一次見這麼多人，又有耍雜技，又有算命的，所有事對她來說都新鮮。可她的眼睛忽然給一幅字吸引去，這幅字只有一個「情」字，可在小青眼中，她只看到自己的「青」字，可又覺這字和「青」字有點不同，字的另一邊，她不會唸，又不懂。

「小姐，你想買這字嗎？」

青蛇搖頭。

她又繼續逛著，路見一對小孩，在用木枝在地上寫字。

「這是『大』，這是『小』。」哥哥指著地下說。

青蛇湊近看，又覺眼熟，捉住問那女孩。

「這是什麼字？」

「這是『小』字。」

小？看著就像剛才看到的「情」字的另一邊，把二字合起來不就是「小青」嗎？小青?好聽啊。

她給自己改了名字,開心得抱著小女孩說:「我有名字呢,我叫『小青』。」

白蛇見她失儀,又拉了她回來。

「怎麼了?」

「姐,我有名字了。」

「這麼快?叫什麼?」

「叫小青。」

白蛇心想,怎麼這麼簡單?

「就這樣?是什麼詩的典故嗎?」

「不是啊,就是小青啊,不好嗎?你是白素貞,我是小青,我們都有名字了。」

白蛇見她心喜,也由她了。

「喜歡就好。來,小青,我們找酒去。」

二人走著走著,突聽見一男子叫道:「美女」,二人本能的轉過頭去,帶著甜笑。

「兩位姑娘長得如花似玉,想必是大家閨秀吧。」

「想要我們買什麼?」白素貞笑道。

「這是一醒上好的狀元紅,想喝不?」這名看似四十的男子,眼中泛出莫名的信心,是否知道二人的心思?

白素貞不客氣，反正自己已經試過了，現在再喝，就千杯不醉了。

「好啊。」

二人買了酒，小青急著要嚐。

「不行，要先等晚上，今晚會有雨，到時你飲了酒，我們在屋頂上等脫皮，不要弄得這樣狼狽。」

小青只好忍著，她對開竅之後會發生的事，迫不及待。

第二章

到了晚上，二人在「萬花樓」的屋頂上等著天降雨露，小青不停磨蹭白素貞，望她賜酒。白素貞不理，只顧偷望著屋內的眾生在狂歡。

終於，天先有一道雷電，暴雨隨之降臨，蛇一受雨水滋潤，婀娜多姿，全身清涼愉快，二者像是最完美的水乳交融。白素貞樂著時，把狀元紅都拋在空中，和雨水交融，小青躍起把雨水和酒都飲進體內，全身似是浸泡在酒浴中，漸漸她感到灼熱，欲脫皮，忙挨向白素貞。

白素貞知她的感受，連忙撫慰著，雷電交加，暴雨一發不可收拾，二蛇交纏難分，在雨水的洗涮中，二人像得到前所未有的力量，用力的激吻愛撫，白素貞只把她當作五百年前未完的綺夢，可小青卻確實的想和眼前的姐姐親密不可分，無論是用怎樣的方法，她要讓她歡喜。

當初她們的相遇，她們的妒忌，到此刻她們的交合，是小青心中最好的一場緣份。

二人雙雙為各自的目的達到完美的交融，雨水打在她們的玉背身上，刺激著她們的神經和色慾，小青知道了白素貞當初的渴求，她也同樣的渴求。突然，白素貞神色有變，逕自拖著尾巴溜走，遺下小青獨自意猶未盡。

開了竅，小青感受到狂飆的心跳，有了心，就是和妖精不同的地方，因為除了惡，還有善。

沒了她，小青還是想要，轉個身，望向屋內誘人的舞孃用勁兒的擺腰，左右扭動，雖不如蛇正宗，可也足夠挑逗。音樂喧鬧的惹人搔癢，她按捺不住，巴不得馬上下去和她們一起跳，她才是真正蛇舞的代表啊。

縱身一躍，掉在地上，不疼，她還在醉夢中。

時間一下子窒息了，她剛脫好皮，全身還赤裸的扒著，頭髮烏黑的發亮，光滑無比的感覺，令大家以為是天掉下一個赤裸的仙子，疑真疑幻。

她見所有事物忽然凝結，十分掃興，左右一睨，大家都目瞪口呆。她覺得大家的神情有趣得很，也想這個盛會能繼續進行，於是把一個姑娘身上的綠色衣服剝光，蓋在自己身上，轉了幾圈，吹出一口氣，樂師迷糊的繼續奏樂，若無其事，吃的吃，飲的飲，淫的淫，像沒人再記得她如何出現，舞者也繼續扭著肚皮，看著她們色彩斑斕的服飾和腳上的銀鈴，小青雖只有青布遮身，可她要贏她們。

她熱舞轉動，大家一樣的笙歌，一片昇平。可她是最大的亮點。

跳得興起，她把一截布抽出揮到屋樑，整個升起在空中飛舞，把她的快樂傳給所有在這尋歡的人，一陣陣的掌聲吶喊此起彼落，忘形得很。

她又跳下來，從後抱著一舞者，用手撫摸著她的全身，又用腳纏著她，小青已學會怎樣勾引，怎樣讓人忘形。這比走路簡單，這是蛇的本能。

到舞者近乎欲仙欲死，欲罷不能時，她鬆開她，讓她不得要領，小青還會玩弄慾望。

小青眼光還瞧一下那失落的舞者，理她怎麼多，自己快樂就可以。於是，小青又自個在地上反覆溜動，得意非常，可突然她又聞到同一股攻心的味道。

一道金光照進，時間停止了，只餘小青還在台上放肆。她一回神，是法海。她這一瞥，就知道什麼叫真正的開竅。慾是心外面，愛是心裡面，他到了她心裡面的一層內，沒有什麼原因，她愛上他。

她從地上站了起來。

「妖孽！」正氣凜然。

她沒有生氣，她還妖媚地笑起來。他的聲音，如此的令她著迷。

「怎樣？想收我？」她挑逗。

「上次放過你們，可你們還敢在這放肆。」

她覺他說話很正經，很迷人。

「我愛你。」小青說話不懂人類的婉轉，只得明說。

他一巴掌打下來。

她依然笑著。

「受不起？」

法海還未走出上次替婦人接生的煩亂，這下他又受到別的挑戰。

「害人的妖精，還說愛人？」

她把臉龐湊近他，用茫醉的眼神望著他，外面雷雨交加，此時，一聲雷，轟在法海心上。

他把法器拿出，得收了她。

她把他的手按下。

「大師，饒我一次，功德無量。」她靠在他耳邊，聲音懶軟，聽在法海耳裡，只覺煩人。

法器和主人是一體，法器此時竟無法奏效，法海感到自己這陣子太多孽障未除，使得法器竟無法除妖，得好好靜下來。

他氣得走掉。

小青得意，情意綿綿的目送他走，多麼好看的背影，不論他是在生氣或高興。

她想和白素貞分享她找到愛人的喜悅，可卻不知她去哪兒呢。

這時雨已經小了，變成溫柔的雨。

白素貞聞到強烈的氣味，迫得她追著氣味方向，她在河裡游來游去，突然伸頭出來窺探，如同出水芙蓉，是這裡了。河邊上架著一個書齋，她和書齋上某個學生剛望出窗外的

第二章

視線對個正著。白素貞笑了，他和他多麼相像，是一個轉世吧，而二人的再次相遇，是緣份的再續。

那人被忽然在水中出現的美女深深吸引住，只懂傻笑回應。

「許仙，在看什麼？」

他叫許仙。

他只好把目光移開，乖乖讀書。

「昨夜星辰昨夜風，畫樓西畔桂堂東，身無彩鳳雙飛翼，心有靈犀一點通。」

他還是忍不住望著她，這女子看起來就是一朵賞心悅目的紅花。

白素貞見他不自覺甜笑，彈指一動，抖落了附近所有樹上的花，頓時雨伴著落花下滿一地，景致美得全個書齋的人，包括老師，都走到河邊看熱鬧了，一時之間，花如雨落，比起只念唐詩，更有意境。

這下他可名正言順的看她，別人顧著賞花，和對岸的美女們，只有他，知道有這樣一個美女，在水中等著他。

他接下一片落花，痴痴的定神。

此時，另一個美女又在水中浮出，在她的背後。許仙一下子被二人深深吸引住視線。

「姐，你跑到哪兒呢？我有話要告訴你。」

白素貞回頭「噓」了一聲，繼續看著他。

小青也為意河上有一班學生在笨拙的去撿落上的花瓣，更見一個男子痴痴的望著白素貞，可不知這有什麼好看的，讓白素貞如此著迷。她見姐姐心情不在她身上，難過的游走了。

喲，一個美女游走了不要緊，還有一個，看來她跑不出自己的手心了。

雨慢慢停了，當許仙分神看看天空的朗清時，美女，也游走了。他失措了，該去何處找？他的心神，都給勾走了，只能捉著花瓣，想像捉著她的人。

白素貞何嘗不是想馬上和他認識呢？可奈何，雨停了，她要找回那剛開竅的妹子。

她滿臉春色，嘴角上揚的身軀回到小青身邊，可魂魄已停在別人的手心了。小青納悶的躺在樹上。

「是那前世書生的轉世嗎？」

「不清楚，可我感覺到是。他叫許仙，我喜歡他，他也喜歡我。」她得意的。

雖是情陷法海，可眼見白素貞為別人傾倒，她難過，小青處理不了這下子的複雜情緒。她不想這個「姐姐」離開她。

「小青，你不是有話說嗎？」

她想知道她有多在乎她。

「我喜歡了上次我們見到的那個和尚了。」她說真話，可也在試探自己的心意，法海

第二章

和白素貞。

白素貞臉色立刻一轉，小青喜悅，她還緊張她。

「怎麼可以呢，他是一個和尚，他會除掉你的。」

「我方才一湊近他，他的法器就失效了，他想必是動心了。」

「才不會，他道行高深，就算失效，也是一時，總有一天，他會來除掉你的。」

小青不肯信。

「不會的。」

「小青，天下男人這麼多，你可以再選。」

「話雖如此，可你也不是一直只愛著你開竅後第一眼的人嗎？」

「我是我，你是你，不同妖精自有不同修行。」

「有何不同？」白素貞居然把自己和她分別起來了。不同妖不同修行？是等於人的本性一樣嗎？如人飲水，冷暖自知？

二人對峙起來，這是她們第一次起爭執。

白素貞還是比較有方法，她靠近小青，把她抱住。

「不要緊，你喜歡就可以，姐姐不惱你。可你自己要小心，不要隨意惹他，你修行不夠，怕他傷了你。」

當然不惱，白素貞現在心裡只有他。小青說不出口自己不想姐姐愛上許仙，她無法改變，可她放不下白素貞，儘管她也愛法海。可現在情況弄得是，她不得不一心一意的，愛法海了，不是嗎？不過，事實是，她兩個也不能愛。小青糾結又無奈，可她當下，在意的還是眼前人。

「姐，你會不要我嗎？」

「當然不會啊，你是我的好妹妹，我不會離開你的。可我愛的是許仙，我想和他成親，所以你得幫幫我，和他認識。」

幫她認識他，這令小青無奈，她不忍不幫，所以她選擇對自己殘忍一點。

「好啊。」她開始學會欺騙自己的意願，可她覺得說完這句話後，嘴很苦，心很痛。

法海回到金山寺，他逕自閉關，必須要把孽障除去。雙手合十，唸起經來，隨即被一團金光圍著。

他是千挑萬選的除妖者，自小出家，無父無母，無所牽掛，加上骨格精奇，信念堅定，修行自今，未遇一劫，更有金剛之身護體，斬妖除魔，未嘗一敗，名字無人不識。可老師傅在把寺廟交給他打理前，算出他命中注定有一劫，必須過了此劫，方可修成正果。

會是此劫嗎？

他身邊金光開始波動，一股黑氣逐漸逼近。

一把又一把的尖銳女聲紛至沓來，此起彼落。

第二章

「和尚，我們這些小妖一直被你的正氣鎮住，現在終於有點喘息的空間了。哈哈哈哈，是想跟我們快樂一下嗎？來啊！」

「你長得如此俊美，做和尚豈不浪費？來，跟我們玩啊。」

「為何不張眼瞧瞧我們長得何等嬌俏？怕會失控嗎？哈哈？真好玩。」

黑氣的能力逐漸增強，而法海的金光正被壓迫，他把雙手合得更緊，口中不停唸著《楞嚴經》，把身邊女妖的引誘隔除在耳外，他要保持心神穩定，不可行淫，不可受女色所惑，一切色，實是空，苦難不想就不在。

「和尚，還記得我嗎？我和我的孩子謝謝你。」婦人的聲音直入他腦內。

「我愛你。」又是一把妖嬈女聲。

他從未花費如此大力氣維持肉身打坐的定力，可腦中竟想起青蛇在花樓中起舞的畫面，一恍神，吐出鮮血，金光驟滅，黑氣馬上衝入體裡。

他倒在蒲團中，不得動彈，全身像給千萬根針紮住，他用力衝破孽障，可覺有力難施，眼看妖怪快要佔據自己肉體，他閉上雙眼，最後一搏，使出念力，身邊法器有了反應，衝過去把黑氣除去，一堆小妖又被壓住，嚎叫起來。

法海舒一口氣，可他感到前所未有的恐懼，他遭遇此劫，就得破了此劫，否則他不能修成正果，一直給妖孽的色惑所困。

可他現在真氣受損，暫時不能下山。

白素貞這幾天一直跟蹤著許仙，了解他一天的行程。他早上會在一畫坊工作掙錢，晚上去讀書，今年二十有五，尚未娶妻，身家清白，惜父母早逝，閒時會到姐夫開的「羨仙藥坊」幫忙，住也住在姐姐的屋內。

一個大好青年。

畫坊內以他最年輕，其他大多是上了年紀的老伯，嘮嘮叨叨的。

很多富貴人家都喜歡找人上門畫畫，當中有不少夫人小姐都自認為是全天下最美，愛用畫像來留住芳容，每天一看，似看不厭，更想身邊人看不厭，就算日後芳容衰老，也能留住最美的時刻在他心中。打心底也想，相公看到自己的畫像後，會想起自己，然後撩起一點慾望，來找自己解思念之苦啊。

不過，除了私藏，更多是用來相親，比真人美，是必要的條件，當畫師，想像力比寫實力重要。

許仙長得俊美，畫功又好，不少小姐都愛找他畫畫像，調情也是常見的事。時常問：「許仙，我美不美？」，誰能說不美？而他畫了幾年，也算見盡天下的美女，風姿綽約，各有特色，有妖嬈的，有得體的，可打從數天前見著在水中出現的白素貞後，就似著了魔一樣，不能自拔，天天都想再見她，可男人的需要，不可太快滿足，由他先念著你，更覺你難得。

白素貞自然明白這道理，所以明看著他和別的女子調情，也要忍著，這是她的本事。

第二章

可誰也知道，當你心中認定這個人時，眼中只有這個人時，你無時無刻都想對方也一樣，眼中和心中只有自己，沒有別人，可有時，對方的行為不到你去想這麼多，有些事還未明朗，你只得自己在那裡憋氣，踹桌子瞪眼睛的。

今天，許仙不用畫人，而是要畫觀音。

不少人家都想擺幅觀音畫像在家中鎮邪，特別是買不起雕像的，買幅畫也就差不多。

許仙待在畫坊，專心的動筆。

只差著色的部份。

小青悄悄的在白素貞背後跟著張望，這幅觀音畫看起來很正常，可定神看著，就似是白素貞的模樣，隱隱約約的有種媚氣散出，身上的白衣，就恰似白素貞的打扮。許仙的筆觸隨心中的念想而動，只要想歪了一點就會在畫中原形畢露。

騙不了妖精的心思。

不過，妖精看人的心思較敏銳，平常人嘛，只把畫像當作求平安的工具，她像誰，根本不是重點，而且，頂多覺得這觀音像比平常漂亮了。

許仙上完色後，甚是滿意。

白素貞也滿意了。

其後有位姑娘來到拿畫，二人交談了幾句，言笑晏晏，小青感到姐姐不是一般的吃醋，她好像能感到許仙的心有些微的動搖。

「看來再不出現，許仙得給搶走了。」小青故意提起。

白素貞不言，她還在走不出來的哀愁中。在愛的人面前，習慣攻心計的妖物變得遲緩了不少。

「姐，你不出現，他對你的思念也有是有限的；當察覺機會開始息微時，人的心也就著意起眼前的花了。」

「好吧，就明天，咱們弄一場偶遇。」白素貞淺笑，信心似有還無。

小青不喜歡見白素貞這等的卑微起來，她應該是永遠的勝利者，帶著美不勝收的笑靨看著前方。

於是在那女子離開畫坊後，小青逕自跟蹤她。

等到她沒入一小巷，小青就拿出青玉劍把女子殺了，劍直入心臟，女子連叫也來不及已斷氣。

血染紅了觀音畫像，妾本求平安，卻遭血劫，都是因果。

染了血的觀音畫，比方才看更有白素貞的味道。

只因畫像根本不似觀音，所以保不了平安，又或因畫像太像白素貞，所以招來殺身之禍。

什麼前因，小青不在乎，她只理後果。

第二章

「跟我姐姐搶男人，不知死活。」小青冷笑，由得女子躺在血泊中。口噴出清水，洗乾淨青玉劍，不著痕跡。

「殺人了？」白素貞在以法術變出的屋子裡午睡著，可青玉劍的血腥味太刺鼻。

「姐的鼻子真靈。」小青的功夫，只能逃過笨拙的凡人。

「是個女的，誰惹你討厭了？」白素貞在竹蓆上翻了一圈，伸個懶腰，坐了起來。

「討姐姐厭的女子唄。」

白素貞眼睛突發出金光，小青全身如遭火灼。

「姐，我做錯了什麼？幹嘛燒我？」小青百思不得其解。

「你沒錯？恣意殺人，怎修正道，得以成人？」

「我只是替你出氣，我不想見你難過。」小青委屈難伸。

白素貞把小青的臉凑近，眼睛回復原狀，慢慢替她拭去流出的汗，還吻了她的額頭一下。

「姐明白了。可下次不許這樣，我們不能隨便殺人，這樣會做很多孽的。」

小青給她又鬧又哄，心情糾結起來，可壓根兒的，她深愛著這個女子。她不惱她，她接受她的指導。

二人親密的擁吻著，以行動化解心中的矛盾。

可小青還是覺得，她沒有錯。

這一晚，她們二人相依著睡，一如以往，可各有所思。夢的開端已是殊途，一個幻想著許仙來日的溫存，一個忽被那晚妓院內的活色生香再次撼動。

第三章

翌日二人租了一隻小船在西湖上擺渡，她們打聽到許仙會在斷橋附近寫生。船家一路划著船，二人在船上飲酒作樂，只等時候到了，就為「偶遇」作準備。

終於，一個踉蹌的背影匆匆趕到橋上，不知道在趕什麼呢？他擺好畫架和畫布，展現著信心和笑容開始作畫。

今日春色盎然，一大片湖光山色值得入畫。

「傻小子。」白素貞看著歡喜。

小青也不知這許仙有何可愛？

「笨蛋一個。」

「小青你不明白，喜歡一個人，他做什麼都是好的，樂的。」

小青也不想多說，反正白素貞是痴狂了。

看著許仙專心作畫的樣子，白素貞像遭點穴一樣，久久目光不移。

還是按不住心癢，她舉起酒杯，向天灑一杯烈酒，召來雲雨，作弄他一番，也作弄緣份一番。

突如其來的過雲雨，把途人嚇個措手不及，連忙走避。許仙也身受其害，急忙把東西收拾，好好的一幅畫也給淋濕了。

收拾期間，白素貞的船也靠岸了。她拿著兩把雨傘走上岸，小青只得在船上看好戲。

她打著一把雨傘，又提著一把雨傘，向許仙走近。

「公子，這傘借你。」她聲音溫婉，輕如能入骨的棉花。

許仙定神一看，不就是當初的出水芙蓉嗎？

「你……」他又驚又喜，方才的畫作都掉在地上了。

白素貞一看，畫的正是她們那隻小船，雖給雨水打得化了，可隱約看見一白衣女子的身影站在船頭，和旁邊已化作一點的墨綠。

二人一同蹲下撿畫，白素貞憶起當初和書生的相遇，五百年匆匆一晃，一切仍歷歷在目。一場雨，是最好的擺佈，造就二人的重遇。

她的傘為他打著。

白素貞依然維持大家閨秀般的姿態，心中的奔騰壓制的恰好。

許仙眼睛一秒沒離開過白素貞身上，可又不敢太放肆。

二人心中情意和實際行動不符，看得小青不知該笑該哭。

「姑娘，我們可曾見過？」

「我沒見過公子。」白素貞莞爾。

許仙一怔，當時所見是否全然真實？水中女子是人是仙？現在也全不在乎，一個朝思暮想的她，現在就站在眼前，活生生的美女，叫他暗自竊喜。

白素貞見他嘴角抽動，心知得逞，也偷笑了。

她把畫交還他，許仙抱著畫，可不知能說上什麼話好，低頭撐開雨傘，不和白素貞對望。

「公子，這傘借你，小女子有事要做，先走了。」她算好時間。

許仙急了，美女怎肯失而復得，得而復失呢？可聽出話中有話，借了就得還。

「姑娘，這傘怎還你？」語氣稍急。

白素貞笑了。

「明天到箭橋雙茶坊巷口去，上書白寓，到時自有人來接你。」是有錢人家。

「好，未問白姑娘名字？」

「我姓白名素貞，四川人，公子呢？」

「姓許名仙，錢塘人。」

「記著還傘，我等你。」眼中綿綿情意早已相通。白素貞適時轉走，遺下痴痴許仙，戀戀不散。

很成功的嘗試，至少，許仙已經全數把對水中女子的情意轉到白素貞身上，他怎都會還這把傘。

小青見白素貞得意，本應高興，可想起她因許仙而得意，又笑不出了。她此時此刻，完全明白白素貞對許仙的愛如何的深，可她自己對白素貞的情愫又有誰明白？而她對法海……她忽然笑自己，愛上兩個人沒錯，人本來也不一定只愛著一人吧。沒一個愛她，也沒錯，人一生出來不一定都是遭撕開兩半的人，妖精也一樣，也許，註定沒人愛吧。她好像看得開，又看不開，思索之間，白素貞已回到船上，露出幸福的笑容。

「船家，起程吧。」

小船開動，雨也隨之減細，許仙抱著畫，望著遠去的船身，湮沒在稀薄的濕氣中。

男人都愛年輕美人，任何年紀的男人也一樣。

許仙回到小屋，撲鼻而來的是芋頭湯圓的香味。

「相公，回來了？」

「是啊。」一個看上去比他大十年有多的婦人端著一碗熱呼呼的湯圓出來，笑盈盈的，眼角都是魚尾在要死不活的。

她也愛許仙。

「娘子啊，你弄的湯圓是世上最好吃的。」他此刻已不愛她。

「不用說我好話，你嘴巴甜，看來必有事相求吧。」她心思細密。

「若相公可以一路吃你弄的湯圓，實在是求之不得，可是，相公一直未能給娘子一個名份，還要外面的人以為你是我姐姐，你恨我嗎？」

「都在一起八年了，要恨你早恨了，現在說些什麼話呢？」語氣雲淡風輕，要的是度量。

八年前，她只有二十，是個貌美如花的揚州名妓，為了許仙，私奔去了，紅花飄零到杭州，賣身錢債都算不清。又怕人認得，只好作踐自己，弄得自己容貌比許仙老十多歲，又怕自己的身世影響他的出路，一直不求名份，可為了在一起，只得借用一流浪御藥太監泰和作幌子，和許仙變為一家親，賣藥為生。自此，更改名換姓，由凌霜變許羨，許仙替她改的，合起來就「羨仙」了，「只羨鴛鴦，不許羨仙」的意。都是名兒一個，還冠夫姓呢，她歡喜，覺得這跟嫁了沒分別。

八年前，他為她怦然心動，年少氣盛，又是初戀，乍知男女之情可如此激烈，可隨時間流逝，她知道自己美艷不如昔，多了實在的霜花劃臉，他早已為無數年輕女子心動不已，可她愛他，不欲清醒。男人又不是沒見過，可有時，不到自己去選心跟誰。

「你善解人意，得此好娘子，是我福氣啊，可相公有一事想求你。」

「但說無妨。」

「我苦苦未上京赴考，都是盤川一直湊不夠，今日我遇一大家閨秀，必是有錢人家，看得出她對我有點意思，這傘也是她借我的，著我明日去還。我希望能和她相好，換取考功名的機會，只要我一朝中了狀元，定必回來接走娘子你，給一個名份你。」

「那她呢？」

「無名無份，只是一踏腳石。」說得倒輕鬆，不負責任。

他的話她聽得清，口中說信，心中就別了。早是綠肥紅瘦，她也認命。

「我都聽你的，明天我和泰和搬走吧，藥坊都留給你了，要是她反口了，你也有個照應。我們無事一身輕，等你消息吧。」

「娘子，我知道你心裡鬱悶，可相公說會來接回你，就一定會，這是諾言。」

她有點把握，大家閨秀也會老，他們未一起熬過，但願他還記得，自己對他的痴心，最後都會回來。可怎想也是沒把握吧，做了狀元，誰不貪新厭舊？誰不要門當戶對了？到時，無論是現實所然或他心中所想，都不會選自己。

她灰心了，本來想和他分享自己懷孕的事，可現在已無用說出口，她更不想用腹中的骨肉來要脅他，她還眷戀著他可能的真心，不會因別的因素，只為她的人，千轉百回後依然回來，所以她還是選擇等。

他會回來自己身邊的。

「我等你。」不同的人把這句話說出口，在男人心中，有不同份量。

一切都不容易，可有了對他的愛，她做得到。

他把湯圓都吃乾淨，這點嘴上功夫比遵守說出的諾言容易。

二人緊擁而睡，熱情早已逝去，可安全感需要累積的。又或許每一場的離別之前都是一個緊抱，因為下一秒就要失去，抱完的餘溫能驅走突襲的空洞，也就少一點不捨。

第三章

第二天，他倒睡得香，身邊人早已無聲離去，字條也沒有一個。他摸摸床上的摺痕，早已沒有溫度，她走了很久了，可他沒有察覺。

家中什麼都沒帶走，只有帶走了一串他很早時送的佛珠和幾件衣物。當時他心如明鏡，深信知識能改變命運，縱使要寒窗苦讀又如何？身邊得一美人，夫復何求呢？他回憶起來，這是他第一份，也是唯一一份送她的禮物。

他懷念可又覺幼稚，所有事情都不能回頭的。若回頭，他只能做一個沒出息的書生。可對許羡而言，她要做的，很簡單，緊握佛珠，等待，一份痴情的回或不回。這算是一個福氣吧。

因為當她有天得知有些人因為許仙或自己的孽報而送命時，她會羨慕自己的。

白素貞一整晚都睡不著，一早起來，拉著小青洗個香澡，小青還迷迷糊糊的，一大籃花瓣灑進水池中，白素貞見她未醒的樣子，訕笑起來。

「許仙今天午時會來，我們趕緊打扮好。」

「你打扮就行了，我不過是個丫環，是個侍婢。」

白素貞已全身裸光，還施法脫光小青的衣服，拖她下水。小青遭冷水一涼，當下醒了，以為回到湖中，目露青光。

「去，還在作夢，洗澡了。」白素貞一瓢水潑過去，小青立刻還擊。二人一來一往，水花四濺，花瓣飛上天，花香只配為她們加冕多一層嫵媚。

小青默默為白素貞擦著背，她把臉湊近她的臉，輕輕貼著，白素貞沒有閃躲，也沒有回應她。小青遭到靜默的冷落，因為許仙，她明白。可二人肌膚這等的親密，她偏感到白素貞的心卻一直衝前，往許仙的方向去了，完全不理自己在後苦苦的追趕。不過，小青路也沒學走好，怎麼跑呢？心灰意冷，只好把心轉向不同方向走著。可她依然會回頭，看這個好姐姐會不會為她，也回頭歇歇。若白素貞會，她可以走回去的，若她會的話。

「小青，聞聞，我香不香？誘人不？」

「香，許仙一定喜歡。」

「讓姐教懂你，光是體香不夠的，凡人鼻子不夠靈，還要再花點功夫，用花香補足。」

白素貞上了水，抹乾身子，走去梳妝台前。

小青把水裡的花瓣塗在身上，多拈些香氣再上水。

香本不迷人，人自迷轉。

小青上了水後站不定，索性癱軟在地上變作原形溜，還來得自在。她靈活得溜到白素貞身邊，坐了起來，蛇尾還不肯收起，就倚在白素貞身上磨擦。

小青看著鏡子，白素貞抿著口紅紙，小唇立刻變做引人的果實，又在白皙的肌膚拍上桃紅胭脂，她本已是一等一的美女，可化上妝，更加嬌美。不過小青還是喜歡她本來素雅一點的樣子。

「男人不同女人，看東西愛看第一眼，然後把浮誇喚做美，平淡喚醜，不像女人一樣容易看深入一點，於是，要吸引他們，得從外到內，多麼美的女子，都比不化妝的美女醜，女為悅己者容嘛。」

小青呆呆聽著。

白素貞對自己的心思很是滿意，執起扇子就跳起舞來，春天就像在她的裙子內跑出來，四周都悄然變得生機勃勃，女人一為別人活起來，就活出雙倍的力量來。功力的增強，還得多謝許仙。

小青還以為是口紅紙有什麼秘密，對著鏡子，也抿了一口。沒什麼分別，不如當初開竅那樣有具體的感覺。

若看得出分別，大概是因自己的心生了不同，令眼睛所見之物也有所不同吧。

小青不以為然，這有什麼好看的。她對著鏡子媚笑，世上會有誰讚我美呢？

「來了。」白素貞叫著，轉眼飛上屋頂望著。

小青跟著飛去，只見許仙還有好幾里路才到。

「姐，你也未必太敏感吧。他還要走一會兒才到門口。」

「他的氣息，我多遠都聞得到。」白素貞雙眼發亮，如看見晨光一樣。

小青不想插話。

「待會兒，我再弄一場雨，你到門外替我接他進來。」

「又下雨？」

「對。」

「是不是出太陽他就會不愛你呢？」小青怨道。

白素貞瞪她。

「你不懂。」

「我就是不懂，信不信我露條蛇尾出來嚇他。」

「你敢的話，我不理你了。」

「你現在也不見得理我。」

白素貞不搭理她，她不要自己的好心情沒了。

小青一氣，心想，哼，你整天要我學「勾引」，現在要我接他去，我就勾引給你看。

白素貞去到院子中央的池塘中，把一壺美酒向天一潑，天上又湧起密雲，雨水隨之落下。

小青撐著傘子開門，看著許仙遇上突如其來的大雨，一下子落魄起來，幸好手中有把傘，立刻撐起來擋雨。

抬頭一看，小青已立在門前，微笑著。

第三章

許仙也笑了。

小青緩緩走近，左扭扭，右擺擺的，風情萬種。

來到許仙面前，笑得更媚。

「來了？」聲音嬌俏。

「來了。」許仙傻了一樣望著她。

小青覺得好玩，可也覺得，對著不喜歡的人，還是耍不出最好的把戲。

「我叫小青，是我家小姐的侍婢。許公子請跟我進去，別著涼了。」

「謝謝小青。說來也奇怪，這兩天雨雲好像跟著我似的，一出門就下雨。若沒你家小姐的傘，早淋病了。」

小青偷笑起來，笨蛋。

從背面看，小青的風情更為誘人，衣裳似一條青舌，伸了出來舔著你的心和人。

小姐美，連侍婢也美。

走進大宅，居然空空如也，沒有別的下人，也沒有老人。

而且剛進去不久，天上的雨漸漸細了，還跑出太陽來。

真神奇，許仙暗道。

「公子，我家小姐在內堂等著你。」

「好，謝謝小青。」

「不用謝。」

小青當起侍婢該做的事，泡茶。

白素貞早已坐在內室裡，烘了火。

許仙一入屋，就感溫暖，和方才和雨水的接觸，渾然不同。

「許公子，遭一場過雲雨淋過後，先來暖和一下，不然容易著涼啊。」

「白姑娘真是細心。」

許仙走近火爐，眼睛映出熊熊金光。

「白姑娘房子如此大，怎麼只有你和小青二人？」

「既然公子問起，小女子只好如實相告。其實小女子的父親是一個小官，在故鄉略有名氣，可早前父母卻被朝廷迫害，一夜之間遭遇巨變，為了保護我，爹就暗中送我遠離家園，說在杭州有一大屋可供居住，也留給我們不少財帛，我只好帶著小青逃來此處，只為隱姓埋名，靜靜生活。希望公子也不要把此事張揚。」

「許仙明白的，我絕不會說出去，可姑娘的父母現在可好？」

白素貞說得逼真，落下眼淚。

「怕已⋯⋯」可憐的，作狀的。水汪汪的眼睛，微微顫動的臉頰。

「對不起，我不是有意的。」心痛的。

第三章

二人恨不得立刻相擁，可又怕令對方尷尬，只好克制。

小青清楚地看見許仙逕自吞了口水，緊張又激動。

她緩緩把燒開了的水倒進茶杯，裡面的茶葉旋即翻動，就是平靜不了。

「你問了我，你也說說你的家世吧。」白素貞收起眼淚，一臉正經。

「我和姐姐自幼父母早逝，彼此相依為命，我用功讀書，只為有朝能早中功名，成家立室。姐姐前幾年已嫁人，她夫婿為一大夫，所以許仙對用藥也略懂，本一同打理藥莊，可在數月前，二人打算離開杭州到別處生活，所以現在許仙就接管了藥莊。」

還未成家立室，孤身一人。這是重點。

「原來如此。」

「所以許仙十分明白姑娘的感受。」借意拉近距離，搏得好感。

「傷心事不提也罷，難得在異地得遇知己，素貞實感欣喜。」回應若恰當，關係自然升溫。

此時，茶水來得及時，為溫度下個定數。

「來，小姐，許公子，喝茶吧。」小青語氣恰如其份，只是個配角。

二人提杯，把熱茶嚥下。

茶流進喉中，溫熱十足，把所有濕涼驅走，一下子身心暢快。

「這是杯好茶。」許仙不自主的望向小青方向。

不知何時，天又下起雨來，下雨天，留客天。

安守本份的小青逕自提著熱茶喝著，暖煙嫋嫋從茶杯中升起，她本只呆望著門外雨水，感到有人盯住，回頭與之對望，見許仙呆望著她的樣子，就看著他又把一口茶送入口中，視線拖延的望回門外，口輕呼出暖煙。許仙看著她把茶吞進喉嚨和呼煙的神態，暗自著迷。

這男子到底有什麼吸引得了白素貞？茶灼著心頭，只能感歎。

許仙見著小青姿態悠然輕鬆，不花心力，對他不瞅不睬，心頭也湧著暖意，白素貞看著許仙不自覺的定眼，也察覺異樣，一下子，一口茶燒熱了三個人的心。

外頭的雨靜靜的下著，可妒火早已於室內蔓延。

白素貞怕許仙的魂魄早給小青勾去，主動坐回他眼前，把他漸漸遠去的心捉回來，她主動抬起他的臉，用她最為嫵媚的眼神，肯定著這個男人對她的愛，迫不及待。

小青自然識相。

「小姐，小青先去市集買好今天的飯菜，這雨還長著呢，許公子今晚就待著吃晚飯吧。」

她拾起雨傘，走進雨裡。

白素貞笑了，可她沒有回頭看過隻身退場的小青一眼，她眼中只有許仙。

小青從不怕下雨，可今日雨吹落在身上，竟是隱隱約約的冰冷寒心。白素貞一個決定，已說明，她輸了。

她仰望蒼天，把手中雨傘丟掉，任由自己淋雨，天地之大，何處去？她自知屋內將會發生的事她不會想目睹，可天大地大，她但覺無處容身，當初和她密不可分的人，已找到寄託，沒有眷戀的走了。她呢？她的寄託呢？但感日子無趣，只好晃去樹林捕獵。

許仙得見小青離去，感到心無旁騖，看著白素貞就親了下去，神仙般的滋味，此時此刻的快活，足以讓他把所有女子拋諸腦後，外頭風大雨大，他只欲取一絲溫存。

不顧一切，少年不識愁滋味。

第四章

小青還是回來了，還真的裝模作樣的把菜啊，肉啊都買回來了。見二人一個下午旁若無人的交歡後，就如糖癡豆一樣，忽心酸不已，白素貞已離不開這男人。可小青若就此一走不回，自己也只是無主孤魂，只好厚著臉皮回來。

刻意濕了身子，一臉落寞，反正又不會病，天上的雨水可憐著她。

白素貞不是不知道這妹子心情不好，可若不這樣，許仙又留不住，相較之下，還是做了這個決定。

「相公愛吃些什麼？」

「我無所謂，今日已經很麻煩你們了。」

「怎會麻煩了？」

小青不作聲的炒菜，她也算能忍耐，這樣做不也只為白素貞的幸福。是什麼時候，她懂得為了心愛的人忍耐了，這是學會做人，學會愛的一個過程，一個修行。

「來，吃飯了。」

許仙倒吃得開懷，白素貞陪著她，也吃了點，還覺得人間竟有美味，一點一點的，她

第四章

有了人也有的胃口，人愛吃的東西，她得試著吃。

「小青怎不吃？」許仙見小青坐在一邊看月光，心裡納悶。

「她習慣晚點才吃。」也不好解釋，是不餓，也是鬧脾氣。

一頓晚餐完了，許仙轉身告別。

「為何不留下？」小青質問，難道想打完齋不要和尚？

「我答應了你家小姐，過幾天帶著聘禮來上門，正式提親。」

什麼麻煩規矩？還得提親，白素貞等了這麼久，直接在一起不好，還用這些繁文縟節來拖時間，人類真愛沒事找事做。

小青不出聲，許仙也不知該怎麼回應。

「我不會負了你小姐的。」他信心滿滿。

「這是你說的。」小青堅定不移。

「這是當然。」信誓旦旦。

小青也就不留。

「他走了吧？」白素貞顯然依依不捨，可為了矜持，只得由得他去。

「走了，真無趣。你吃了那些熟了的肉啊，菜啊，不覺乏味？還是新鮮的好吃。」說罷從口袋拿出新鮮的老鼠，拿給白素貞。

白素貞笑了。小青雖然生氣，可還是有心。

「小青，要做人，也要學會吃人愛吃的東西，這些東西，只能當做珍饈百味，間中吃一下，我搬去他家後，就不能常放些活生生的動物嚇他。」

「你要搬去他家？」

「對啊，嫁夫隨夫嘛。」

小青不語，如此一來，她就給拋棄了。

「放心，你是我的陪嫁丫環。」

只是一件附屬品。

「你遲早會丟下我的。」小青臉如死灰。

白素貞見她難過，只好安慰。

「小青，你遲早會找到一個讓你這樣奮不顧身的人，你會明白，到時除了他，你誰都不想要了，這就是人的弱點，人和妖的差別。」

小青不想回答，她不懂，什麼奮不顧身，許仙只是今生，他的前世才是為白素貞奮不顧身的人，可這福氣由他來享，可今世為她奮不顧身的人，是自己啊。唉，想來想去，又會想，誰又會為自己奮不顧身一次？

「小青？你有沒有聽我說話？」

「有啊，算了吧，這些體會，到我感覺到時，我自會明白。」

第四章

「別這樣，姐知你難過，明日我們出去散散心，好不？」

沒了許仙，她才會找她解悶。

白素貞把臉湊近小青，小青，還是逃不過她眼內的溫柔，心軟了下來，可她嗅到許仙的氣味，她就好像能看到他們享受魚水之歡時的情境。一陣嘔心，她主動的走開，她們再也，無法如從前一樣親密，因為白素貞已經不是她的，她有她的依偎。

白素貞還是摟緊了小青入睡。

快活無憂的日子，似乎已不再存在。

第二天，二人再次去到市集，白素貞春風滿面的走去不同綢緞鋪，看看怎樣做件漂亮的嫁衣，這樣的心情，小青大概一世也無法理解。

左挑右挑，心大心細，女人總是要在做選擇時才能得到快感。

小青無心思理睬她，又再四周遊蕩，忽見一個和尚的身影，她以為是法海，追了過去，誰知是一中年和尚。

「來者何妖？苦追著我，想來送死？」

自知落盡死穴，小青一時不知所措。

「我⋯⋯我認錯人了。」

對方一掌打來，小青立刻閃躲，手裡轉動，把手環變成一把劍，和之正面交鋒，小青處於下風，想找地方逃，卻不得要領，眼看著和尚步步進逼，小青手中的劍也給打落，此時一條白色鍛帶出現把和尚整個身子綑住，和尚一時之間動彈不得，小青趁機把劍拾起，一劍向其刺去，和尚用法器擋住，白素貞把白鍛收回，瞬間變成白玉劍，二妖夾擊一人，和尚覺不妙，唯有施展鎖妖咒，二人忙於處理從他法器裡噴出的鎖鏈時，他偷出空檔逃走。

見危機已除，小青立刻鬆一口氣。心又暗喜白素貞出手相救，二人共同擊退一個討厭的和尚。

「你幹嘛走去挑釁這和尚？幸好他修行不高，要不然我們二人聯手也不是他的敵手。」

小青不想說出自己竟把他認作法海一事，只好扁著嘴不說話。

「若給別人看見我們出手，很容易傳到許仙耳邊的，你別再亂闖禍了。」

竟是責罵，本以為二人一同擊退和尚，她會欣喜，沒想到竟是換來這樣的責備。

「嫁妝我都備好了，回去吧，免得你又招惹麻煩。」

小青一肚子委屈，可又說不出。只道生活好像越發艱難，做人也不如做回一隻隨心所欲的妖精好，雖常做錯事，可至少不受束縛。其實所謂對錯，是誰定的呢？善惡又是誰分的？到頭來，人只是不停為自己加枷鎖，被感情所困，被理智所困，被道德所困，被他人所困，到死後，才把一身的鎖放下，回歸塵土，如此卑微。

第四章

回到屋裡，白素貞忙於弄嫁衣，試首飾，小青只懂發愣，她還在思考。

「小青，來幫我弄一弄這衣裳。」

抬頭一看，白素貞已變成了紅娘子，若一身素白她也能稱作神仙下凡，從這身艷紅得知，她已入世，進入紅塵，甘心在其中打滾，她留戀混濁的人世。比起妖精的色彩分明，她的身影變得模糊，小青越來越認不清眼前的她，是否已變得陌生？

「看，這身打扮美不？」

還是一樣的如水的眼睛，可驚艷程度比一身素白更甚，為何嫁娶要穿紅色，因為這樣才能引起對方最真誠的慾望吧，太似蓮花，只讓人不敢褻玩，有傷俗興。所以女人都想像紅玫瑰，而不是蓮花。愛蓮花的，女人不稀罕。

「美啊，姐姐穿什麼都好看，許仙都給你迷死了。」小青只得附和，雖是實話，可語氣可不能再如之前刁難，令白素貞無奈。

白素貞一直羨慕著有天能披嫁衣裳，嫁給心愛的人，這是作為女人最幸福的事。今日見自己，不知是否因為心神所致，總覺特別討好，特別美，無須刻意擺弄，已顯得風姿綽約，這樣子，她從前無論照多少次鏡子也無法看得到的。

是因為快要成為別人的一半，看上去總是容光煥發一點，得到愛情，原來是這樣的美妙，從心而發的魅力，讓白素貞自己都驚訝。

「小青，若你不介意，這套嫁衣就留著，待你找到意中人出嫁時，你就可以穿了。」

什麼時候，小青才可以成為一朵俗世的紅玫瑰，心甘情願的變成一個真正的女人呢？

「姐，許仙若對你不好，我還是會護著你，不讓你受傷害的。」小青說出她真心話，只是聽在耳中，白素貞早已不如從前敏感。女人，一愛了，就變笨。

「放心吧，他一定待我好的。」

不只笨，還糊塗。

穿的不想脫掉，白素貞直接披著嫁衣入睡，小青認真的看著她的背影，只覺無比陌生，想起當初在西湖第一次看見這個女妖的背影，一切好像在昨日發生，可今天她已準備嫁給他人。

兩天後，許仙帶著聘禮來提親，由於沒有父母親在場，一切禮數也從簡，其實她們也不大知道要做些什麼功夫，只依著許仙意思做好。

到正式拜堂擺宴當天，白素貞緊張起來，深怕有什麼差錯，她就打回原形，又怕許仙忽然反悔，反正就是之前沒有的掛慮，此刻都跑出來了。

「小青，我好緊張啊。」

「別緊張，沒事的。」她緊握住她的手，感覺到她的的不安，她盼望她能讓她安定下來。

吉時到了，小青就扶著白素貞走到許仙屋子的大廳，許仙一見白素貞的一身打扮，默默稱喜，怎就如此漂亮。心底渾然不覺當初某人，也是一樣的嬌美，一步一步的把幸福送到他手上，任他主宰。

二人對上一眼，白素貞見許仙一臉歡喜，心也就安定不少。她也不禁甜笑起來。

「娘子，你好美啊。」

羞郝不已。

小青見二人情真意切，此時也被如此良辰美景所感染，見證二人成親作夫妻，從此相濡而沫，容不下一絲沙塵。

「娘子，從此以後，我們就一同打理藥莊，等到儲夠盤川，我就上京赴考。」其實許仙一早沒有上京赴考的打算，只想靠著白素貞的財富過日子。

「相公，現在我已是你的人，你要怎麼做，就怎麼做。」

「娘子，我有一要求。」

「但說無妨。」

「其實這間屋子略為狹窄，若你和小青不介意，我就住在你們那間屋子吧，地方始終較大，這兒只怕你們屈就。」

「沒有問題啊，相公不介意就可以。」

於是，本想用法術變回屋子的念頭，又得取消，始終妖氣重，怕招惹別的行內人識穿破壞，可許仙開到口，又不好拒絕。

小青在喜宴上還認得一些畫師，他們全都精氣殆盡，空餘一張臭嘴，大概是前半生縱慾過多，要是精壯一些，小青還想試試吸陽氣呢，可偏偏他們全都吸無可吸，直接送進棺材還差不多。

不知是多久沒見過天仙似的女子，他們個個都對白素貞和小青垂涎欲滴，噁心死了，幸好他們易醉，他們要再調戲下去，怕只怕小青會忍不住把他們給吃了。

許仙還是有點板斧，送了一幅白素貞的畫像給她作禮物，倒也畫得相似，還把她畫得更近乎仙女，顯然白素貞表現出來的氣質還是比較溫和，像仙女多過像妖女，要不然，也不會被畫得像個七仙女吧。

畫旁還有一首詩：「雲想衣裳花想容，春風拂檻露華濃。若非羣山玉頭見，會向瑤臺月下逢。」把白素貞的美貌喻為楊玉環，同似天仙下凡，同時也自比唐玄宗。

白素貞當然喜歡這畫像和詩句，女子愛才氣，有時多於財氣。

二人送入洞房後，賓客也陸續散去。小青自己坐在屋頂看星星，其實她好想好想，回到當初無知的狀況，現在的日子，只會越過越苦悶。

愛又愛不得，離又離不得，所有的事都好像黏住在一塊，討厭死了，她不喜歡這種不清不楚的心態，要麼就愛，要麼就恨，容不下什麼在中間，可偏偏她此刻對白素貞，就是落在這中間的點上。

第四章

不，她不恨她，她還是苦苦的，希望有一天，白素貞知道她對她的好，她恨的，是許仙。

這男人，怎看都不順眼。

她在屋頂偷偷看著二人如何的激情纏綿，想當初自己才是和白素貞密不可分的人，現在卻要眼睜睜的看著她如何享受，如何投入在和許仙的交歡中，她像給千萬支針扎著一樣，她知道，許仙比起任何人能給她快感，就算生氣，只能怨自己。

小青還是不由自主的想起在怡紅院的那天，好像所有的事都從那天開始，慢慢的，錯開了。

白素貞身上的紅衣和這漫長的黑夜，活生生地分開了青和白。

回不去了。

第二天，二人把東西都搬回大屋，白素貞就和許仙去了藥莊。

「許氏藥莊？不是說是你姐夫的嗎？」

「他交給我之後，我就改名了。」

三人待在藥坊，許仙看病，白素貞和小青熬藥撿藥材。

小青開始要適應這些百無聊賴的日子，有時自由自在，還得有心境配合。

不過，有時在市集裡看看，到樹林裡休息，也是一種快活。日子長了，她也懂了多一些的字，還會流連書齋，聽聽書生唸詩，又覺增長不少文學氣息，可在她眼裡，他們全部都是比許仙木納的書呆子，完全沒法提起她的興趣。

慢慢，許仙的賢內助在杭州城出了名，又美又賢慧，鄉親父老都在許仙臉上貼光，說有此等內人，是其一生福氣，二人一同賣藥醫病，生計全不成問題，日子對他們來說，過得太快。

轉眼就一年。

小青固然不再重要，就算能和白素貞談話，也是要等許仙忙著的時候，要不然，白素貞也沒時間理會她。

可小青除了白素貞外，其實沒有傾談對象，誰會了解一個妖精的心理生理呢？但她也知道，二人的話題已經變調了，離不開許仙或者藥坊，小青不喜歡這樣，可若她不找白素貞解悶，自己走出去，又怕闖禍。

不過有一次，白素貞提及她的婚嫁問題，讓小青渾身不自在。

「小青，許仙說他有位朋友，二十多歲，身家清白，只是性格較含蓄，所以到現在尚未娶妻，你可有意思見一見人家？」

「你們就是趕著把我送走就是了，我的事，我自己會看著辦，別操心了。」

「我不是這個意思，可你也知道，我不能一直陪著你，你這一年來無所事事，又不去認識一下男人，莫不成你對男子沒了興趣？」

「姐，我沒你幸運，找不到個合眼緣的人，就是找不到。可我有時間，我相信有一天可以找到的。」

也許白素貞淡忘了，小青曾經提過，她不是沒有合眼緣的人，只是那人不合白素貞的眼緣。

在小青眼中，白素貞已經完全變成一個賢妻，眼中心中都沒有了殺氣，連生的動物也少吃了許多，法力的修行也沒進展，還顯退步，反而小青天天有事沒事就走去捕食，反而有助法力增長，對她來說，也是收穫。

反正，她的生活，至少無風無浪，她想守護的人也無事就足夠。她知道白素貞的心裡也是這樣想，每個人除自己安好，最著緊的都是想守護的人的日子過得好而已。

第五章

經過復原，法海決定再下山除妖，這是他最大的使命。特別當其中一個下山化緣的僧人從杭州回來說蛇妖又再為禍人間，白蛇還嫁予一書生為妻，他更是想把她們一網打盡。免得到時她們落地生根，想除就太晚了。

可下山之路沿途不是易事，他閉關一年，不少妖精又再蠢蠢欲動，他雖以蛇妖為目標，可一路下來，也是得逢妖必除。

此時他遇見一婦人，懷著孕，可肚裡竟是有著妖氣，見她一路往金山寺方向走著，只好攔路一問。

「這個姑娘，敢問你是想往何處？」

「我要去金山寺。」

「金山寺從不收容女賓，你去是為何？」

「我想為我肚裡的孩子找回父親。」

「父親？」法海不敢置信。

「對，此事說來話長，怕不便向大師透露太多。」

「不瞞姑娘，貧僧是金山寺的住持法海，你若想找本寺的和尚算帳，而他又真的犯了色戒，污辱了姑娘，我必定追究。」

「法海大師你誤會了，金山寺的和尚不但沒污辱我，反而救了我。」

「此話怎說？」

「其實，當時的情況很複雜，而且之後我們沒想過要繼續來往，可此時懷孕了，我也得厚著臉皮上山找他。」

「姑娘，請容許我們找個地方坐下，把事情說個明白。」

「姑娘叫什麼名字？」

「我叫青兒。」一身青衣，似曾相識。

法海失神了一下，很快回神，著她慢慢把事情說出來。

「事情是這樣的，在六個月前，我本來自己一個到城內去找工作，因為父親在家病重，無法工作，我只好隻身出走，希望掙錢替他找錢治病，可途中一路有不同的險惡，曾經遇過盜賊，幸而遇上貴寺的和尚，他叫能持，救了我一命，他人很好，打算送我回去，還替我父親治病，一個女子在城內工作也太過危險。只是在回程當中，忽然遇上一隻惡毒饑渴的蜘蛛精，她們以吸取男性精力來增強法力，當她感應到能持的體溫和氣味時，就立刻對我們進行攻擊。她知能持不會受她引誘，硬碰硬又不能佔上風，竟然趁我失神上了我身。之後雖然我還有意識，可蜘蛛精的迷魂法控制住我，我立刻慾火攻心，整個人又熱又乾，若能持不救我，我只有死路一條。」

「他怎麼救你？」

「蜘蛛精在我身體內，他若攻擊，我也會沒命，所以他只好…」青兒說到此處，臉立刻羞紅起來。

「當他一和我接觸，蜘蛛精馬上把他的身體也控制住，她利用我的身體得到她想要的，雖然我有叫她住手，可她得手後，越來越兇，整晚糾纏著不放，直到她滿足吃飽了，才肯罷休。」青兒不敢把整個情況說出來，深怕尷尬，可過程中，她不也得到快感，道德要她停止，感情上卻隨蜘蛛精意，間接令蜘蛛精得意。從能持救她開始，她就愛上了能持，可她不敢造次，可藉著妖精，她居然可以無比放任。這樣的事，她不敢說出口，可她也只是個普通人。

那一晚的事，常出現在她夢裡，她不敢開口，可她不能忘記當蜘蛛精得意的問了聲「難道你想停？」時，她軟弱的回了句「不想」。

法海一聽，也惱紅起來，這事，說能持錯，還是對呢？若為了守戒而害一個女子的命，是否該做之事？可此事能持無法坦白的和他交代，因為無論怎樣，法海在他們心中都鐵面無私。

他一次又一次受到這類困局的考驗，好像不能再如以往一下子斷定事情的對錯，他變得遲疑。

「法海大師，我知道這樣做，能持他一定會受到懲罰，可第二天，由於他也受傷了，我也不好意思再和他來往，我們再無苟且之事，請你諒解。」

「這事我明白，可總要有個方法解決，不能讓孩子沒爹，可首先，我想問你一句，你要誠實答我。」

「是。」法海的威嚴讓青兒膽怯。

「你在那夜過後，是否還在想著能持以及你們交歡的過程。」

青兒一下子驚訝，肚子也痛了起來。

「大師怎麼知道？」

法海立刻按住她肚子念咒，青兒口中馬上吐出黑氣，頭冒冷汗。

「這個念頭一是來自你本身的慾望，二是蜘蛛精對你施的迷魂法未徹底消失，影響你和孩子，若不除去，對你們都有害。」

「謝謝大師。」青兒變得十分難堪。人的念頭是最危險，一軟弱，什麼事都可以發生。

「我先帶你上山見能持，把事情弄清楚後，我得除掉那隻放肆的蜘蛛精。」

眾僧見法海忽然回來，身邊還有一孕婦，都顯得很困惑，也許只有一人不惑。要還的，始終要還。

「能持，你到我的房間來一下。」

「是。」他不敢和她正視。

青兒見到這個男子，心裡十分激動。心中之情快按捺不住，巴不得把他抱住。

「你可還認得這女子？」

「認得。」

青兒暗喜。

「她現在懷有你的孩子，你打算怎麼處理？」

能持不知所措，只得跪下叩頭。

青兒見能持一臉失措，心也痛起來。

「我不是叫你認錯，事情已經發生了，來龍去脈我也知道，我是想你給我一個說法，若你想還俗，我不阻你，你要負責的是她和她的孩子。」

能持抬頭和青兒對峙，她臉上又期又盼，她總是想像他也有同樣看法，對她朝思暮想。

「青兒，我沒有忘記你，自從那天之後，我一直為這件事而愧疚，我覺得我要補償我的罪過，可我不知道可以怎樣做，我負了你，可我不能背棄佛門，這幾個月我也活得很難受，我真的很對不起你，還有我們的孩子。」

她要的不是他的愧疚或道歉，她要的是他的負責，他的陪伴。

「你沒有錯啊，能持，我來不是要你道歉，我從沒有怪過你，我只是想和你在一起。」

能持默不出聲。

青兒走近能持，扶起他的臉，滿眼都是憐愛，對她來說，這個男人，比她自己或她肚子裡的孩子重要。

「你說句話，若你還俗，和我們在一起，你願意嗎？」

能持心裡掙扎，難熬。他不愛她嗎？他騙不了自己，騙不了自己的心，自己的身體，可總有種信念比兒女私情重要，這是他堅守的想法。

「對不起，青兒，我知道我不該這樣，可若我還了俗，我只會感到更內疚，更自私。我無法過自己這關，我們不會有幸福的。」

青兒眼淚在打轉。

「你愛我嗎？」所有女人在輸得快徹底時都愛問的一句話，若對方說有，就等於扳回一城，死也閉目，若對方狠心說不，她就無法振作起來。可男人，不是個個都能想到後果的去回答。

能持想她死心，好好生活，所以他只能有一個答案。

「不愛。」口中的堅定，和心中的掙扎相背，男人總是比較會騙人，因為他們能把情緒收好。

青兒只是一個很普通的女人，她不特別堅強，不特別聰明。可和所有女人一樣，她有種為愛而豁出去的力氣。她讓眼淚默默的掉，垂下頭，無力的離開她最愛的男人，她最後的尊嚴，就是背對著他死去，不讓他看見她的絕望和醜陋，在金山寺的柱子上，她留下了一條血痕和淚痕。

能持衝過去抱住她，最想得到的擁抱，也許要用生命換來。

「青兒。」他悲痛。

她笑著摸摸他的臉。

「我愛你，我不恨你。我只是不想在此生等著一個無緣的人，我早點下去，等你有天接我和孩子。」

能持握住她的手，感覺到她一點一點的失去溫度。

法海沒有預料到這個後果，也許他能預計能持為了她還俗，他能預計能持不理會她，她傷心，可她死去，這是最差勁的結果，他們求的，只是眾生不再受苦，可偏偏苦痛有時，因他們加劇。

她們是無辜的，人是無辜的，都是因為有害人的妖精，加重眾生的惡念。

能持也無法參透這個結局，他後悔自己說了謊，他後悔了，落寞的青兒就在等著他，他把心一横，也把頭撞向同一條柱，二人的血交會，以最原始的方式表達了矢志不渝的感情，他依然把她緊抱著，他不想和她走失。

法海衝過去，為何要這樣想不開？

也許臨死把頭撞向柱，能頃刻懂得，什麼是最重要的事。

「住持，我錯了，我該跟青兒說我愛她，我該跟她走，可我沒有這個勇氣，我不夠誠實，我害了她和孩子。」

「能持，為何要用死來作了結呢？」

「我不是在逃，只是我怕她一個人等我會孤獨，我想早點下去找她。住持你能答應我一事嗎？」

「什麼事？」

「青兒的爹可能還在養病，請你醫好他，跟他說，他的女兒已經和她愛的人永遠在一起，幸福的過日子。」

「可以。」這個謊言，也許是他對青兒和能持唯一能做的好事了，法海始終無法說明對錯，可是他明白到，有些感情，是永遠無法用對錯的分辨或說清。

一個不能超脫俗世的人，為感情所困，沒有錯。

「謝謝你，原來我最後的掛牽，竟是我著緊的人，我無法達到住持你的層次，無法放下平常人的煩惱⋯⋯」

能持最後抱著他愛的人，含笑而終。

現在，青兒會知道他也很愛她，他在看到她遭蜘蛛精上身時的難受，他心甘情願的以自己修行和陽氣來換她的安全，他不覺得辛苦，因為他有愛。

可他當初出家，就是一個希望不被世間一切貪嗔癡所迷惑的男人，他想得到解脫，可當他意會自己不能時，卻因男人的尊嚴，可憐的執著，而招致更大的失去，再度輪迴，可能他情願作一個無知的男子。

對法海而言，能持就是無法得到放下執著，放下執念的眾生，才會因蜘蛛精的推波助瀾而嘗試苦痛，而身為出家人的關係，加深了他的苦痛，最終想不開而了解了生命。這是很不智的行為，下一生，希望他能真正得到解脫，不再受苦難折磨。

法海替二人合葬，就算世上眾生皆執迷，可因為愛情而執迷，可能已算是最好的一種。可他不會，也不想讓自己嘗到這種無謂的折磨，而且，他想為他人消除這種執迷，愛上錯的人，其實也是一種不幸，一切眾生的不幸，他也不想目睹。

而現在，他先要除掉蜘蛛精，再要找到青兒的父親。可他不會忘記要除掉蛇妖，只是種種因由，拖延著她們的性命。

今天，許仙在煮藥時燙傷了手，這下白素貞比自己受傷還緊張，立刻替他敷藥，當然還會暗加施法，讓他復原得快一點。

看到白素貞小心的包紮著他的手，像握住寶物一樣，小青的心都如給刺了一下，這些瑣瑣瑣瑣的甜蜜細節，都是小青的心中一個一個的針孔。

許仙親著白素貞的額頭，二人還是如膠似漆。

「小青，許仙燙傷了手，這幾天，煮藥的工作，你替他先做著。」

第五章

「可以。」這軟弱書生真的是被白素貞寵壞了。

小青看著火，看著藥，她不怕這些，怎也不痛，想佯作受傷也不行，人的脆弱，原來也可以是一種武器，對付另一人的強悍。其實在世界上，懂得軟弱才會是最後的勝利者，才可擊敗最強的硬朗。

小青一直累積的妒火像藥煲下的柴火一樣，他們的柔情訓練出她的忍耐和要強，可她也想可以對著一個人軟弱起來，把她的任性釋放出來。

「辛苦你了，小青，要你幫著做這些活兒。」許仙的聲音聽來惹她討厭。

「不打緊。」難不成要你幫我做？不過，火得吞著，不能得失姐夫。

「其實小青，你可有喜歡的對象呢？」

「為何突然問這些？」

「只是好奇，小青你樣貌不輸你家小姐，在城內一定會找到好人家。」

「這話你最好別給我小姐聽到。」

「她視你如親妹，你的幸福也是她關心的事。」

「我有我的自由，你們也不用給我瞎操心了。你們的甜蜜還不夠撐著你們過日子？」

「我不是這個意思。」

「我的作用多得很呢，你看你，連煮藥也會燙傷，怎樣保護我家小姐？」

許仙一時給說中死穴，一臉為難，只好走開，不再和小青說話。

當見到白素貞，他那比女人敏感的性格又發作。

「素貞，今天我找了小青談了談她終身大事，可她看上去還是沒有什麼意欲。」

「她和我從小一起成長，關係很好，可能這也妨礙了她去找對象的意欲。」

「對啊，可這樣下去，我們也未能好好享受二人世界的情趣。而且今天她還說我無力保護你，所以她才要留下來，這…這話讓我何其難堪。」

「她真的這樣說？」

「是啊。她不過一介女子，還說我不能保護你，著實令我又懊怒又不解，你是我最著緊的人，我拼盡全力也會保護你的。」

「她也只是說說，你別在意，我當然相信你會保護我啊，就別生小青的氣，好好睡覺。」

聽著許仙遭揶揄，白素貞也是難受。只好找小青問明白。

「還未睡？」

「沒有啊，幹嘛來找我，不用陪許仙嗎？」

「你今天是不是說了他什麼？」

「說什麼了，他一個男子，調侃幾句也受不了？」

「正因為他是男人，他有男人要的面子。」

「男人的面子好無謂。」

「可就是這樣他們才稱得上是男人。」

「你只是替他的小器來找藉口。」

「小青，我不想你再這樣說他。」

「你是在怪我？」

「我知道他未必是你喜歡的類型，你也可以不喜歡他，可他始終是我夫君，女人就該嫁雞隨雞，嫁狗隨狗，陪我一生的終究是他。」

「他會死，我不會，我才是陪你一生的人。」

小青真的火大了，她為了她，已經收斂許多，她還想要怎樣？

「不，小青，我們會變做人，經歷死生，這不才是我帶你上岸的目的？難道你想繼續做妖嗎？」

「我不知道，可我看著你，我不知道做人有什麼好的。倒不如做妖快活，不用為難自己。」

「我的快樂，我的幸福，你懂得嗎？你若覺得做妖快活，你大可回去西湖，別煩著我和許仙。」此話一出，白素貞也覺得語氣重了，可話收不回了。

「這話可是你說的，白素貞，我一直稱你姐姐，尊重你，沒想到，你比我還笨，還糊塗，你別後悔你的選擇。」

小青頭也不回就飛走，這是第一次她離她而去，白素貞此刻心中有個地方如跟著小青飛走了，空了一個洞。

她流下淚來，可她還有信心，這個妹妹，會回來的。

可她還是默默的流著淚。

第二天，許仙見白素貞很早起來。

「娘子，你今天怎麼早起床？」

「我整晚沒睡。」

「怎麼了？」他見白素貞眼都腫了，第一次露出那種憔悴的感覺，心疼起來。

「小青走了。」她不說因由，可許仙知道是因為他。

他抱著她，憐惜著，可這讓他第一次想起他抱著許羨，當時他的手中心中，也是一樣的疼惜。可他允許他的疼惜隨時間轉移到另一個人身上，可對他來說，不說出來不是種欺騙，是種疼愛。也許，很多男人之所以說謊，是因為他們覺得，這是為你好的。

「不要緊，她走了，還有我。」

白素貞累了，她只想小青回來，她能再有兩個愛她的人陪她，她無法失去任何一個，她自私的想要所有，可終究傷害了其中一方。

小青走到樹林裡發呆，她受不了了，為什麼白素貞竟然為了許仙，對她說出越來越過份的話，這些話，她如果一次又一次的忍受，她會成什麼樣？她對白素貞的關心和愛，難道白素貞可以完全視若無睹？她只是一個揮之則來，呼之則去的丫環。這次出走，至少得讓自己認清自己的價值。

看著日出，她想過些新的生活。

此時，樹林遠方傳來打鬥聲。一陣妖氣和佛氣在混戰，她認得這種氣味。她飛過好幾十棵樹，看見是蜘蛛精和法海在鬥法，這次她絕無認錯。

二人不停出招，蜘蛛精看來修行頗高，法海未能完全佔上風，可是，他們之間到底有什麼恩怨了？

「你這妖精，今天我定收了你。」

「哎唷，我好怕喲，想幫弟子報仇嗎？鬥兒都沒。」

看招式，這蜘蛛精少說也有一千年修行，不好招惹。

「你徒弟看著那女的的眼神你知道是怎樣的嗎？又憐又急，其實一切都是他們你情我願，我只是做個月老角色，事情完了，是三個人的福氣啊。說時說，你又沒試過，想聽聽過程不？」

「你閉嘴！」

蜘蛛精是想用激將法，看中法海性情剛烈，激不得。

「臭和尚，你懂愛嗎？他們的死是因為你，和我何關？我們這些妖精才是人類的好朋友呢，反而你這些自命不凡的人才可惡。」

法海一掌打去，蜘蛛精又巧妙的避開。

蜘蛛精打算吐絲把法海綁住，其來勢洶洶，小青深怕法海中計，一時情急撲了出去，用青玉劍把一部份蜘蛛絲斬斷。

空中立刻變成白絲如細雪。

「青蛇，你來湊什麼熱鬧？」蜘蛛精大叫。

冷不防又吐出一小箭，小青眼利，幫法海擋了。此時法海已回神，趁亂一鎚敲在蜘蛛精頭上，她立刻吐血，化作紫煙，可灰飛煙滅前不忘奸笑。

「和尚，我看你啊，也不過是個凡夫俗子，遲早和你弟子殊途同歸。哈哈哈哈……」

「還在放肆！」一下揮袖，妖氣妖音消失不見，只餘幾絲蜘蛛絲不肯罷休，在空中來來回回，如同世上情絲也斬不盡，斬不斷，斬不清。

小青自個兒躺在一邊，吐了一整口黑血，又不敢作聲，雖暗器的毒已開始侵入身體，可她不知法海的鎚會不會來得比毒箭痛快，她的新生命也就結束。

眼見法海走近，小青也無力多說什麼。

「你怎麼會在這裡？」

「你不是一直想除掉我嗎？現在大好機會，要不你一鎚打下來，讓我死得痛快，要不你袖手旁觀，我也一樣死得了。」

法海沒想到青蛇自投羅網，可方才又是她出手，自己才能存活，要不然早就給蜘蛛精擺佈，救她與否，又是一選擇。

「你救了我，我不能袖手旁觀，除掉你的機會還會嫌少？」

法海把小青扶起，見她臉色鐵青，就知暗器有劇毒，他先把箭拔出來，再把小青左肩外衣脫下，吸吮毒汁，小青當然沒料到法海肯救她，一時間喜悅和吮毒的痛交織，她緊捉住法海的衣袖，呻吟了出來。雖說是療傷，可法海如同親吻著小青胸脯附近的肌膚，小青感到心快跳出來了，是好久沒嘗試的感覺，要追想，已是飲酒開竅當天的事。雖然心裡總是心猿意馬，可現在受了傷，身體也無法做出什麼。

快感易過，餘下的是陣痛和衰弱，她軟弱無力，法海知她不敢造次，其後他向她體內輸入真氣，加速清走毒素和復原，小青乖乖吐出烏血，渾身立刻舒暢不少。

她軟弱的攤在地上，沒人再扶她。

法海著她吃下一藥丸。

「吃下它，不出七天，就可回到原來的狀況。」

「你餵我就吃，不餵我就不吃。」小青雖無力掙扎，可嘴上還是想勾引一下，眼裡露出絲絲可憐。

「不想吃就算，反正你也死不去。」

他回復臭臉，小青也知道，她受他所控，他能裝作憐惜你，可也能抽身。

小青自己撐起身體，以不甘心的眼神瞪著法海。

「嗯……」她無力呻吟了一聲，示意他把藥丸拿來。

他把藥丸放在手心裡。

小青把身體挪近，張開嘴叼起藥丸，然後抬頭和法海對了眼，眼神迷濛，再把叼住的藥丸吞下。

法海看著她吞藥丸的過程，心裡一怔，破口說了句：「妖孽！」

小青反倒樂了，只是笑了笑。

「你放心，我不會放過你們，可我有更重要的事要辦，天網恢恢，我們總會再遇，到時，必是我除去你之時。」說罷，他又轉身離去。

小青凝視著他的背影，一年來，她沒有忘記過這個男人，她還可以很流利的背出初見他的時刻。此時，她知道，就算最終會死在他手上，可她確定愛的人，就是他。

她想了好久，妖精在開竅後，第一眼遇上的人，就是她愛的人。

她第一眼正視的是白素貞，她愛她。可白素貞只是妖精，不完全算人，小青對白素貞的愛雖然深，可她心裡還是不能完全明白白素貞和許仙之間的愛，無法理解白素貞的痴，白素貞的笨。她對白素貞的愛雖有愛慾，可還存有理智，不是最徹底的愛。可她到此刻和法海比較後，才清醒的得出這結論。

她第一眼正視的男子是法海，她對他感覺強烈，不可收拾，可卻因種種因素，迫她沒收了愛他的念頭，不過現在，她理解到，有些愛，是無論怎麼樣都無法沒收的，就算你

第五章

知道萬劫不復，可也不能收回，小青又喜又惱，愛的感覺也許是如此，能死在心愛的人手下，可能是她最好的結果。

小青的覺醒，只是推她進另一個迷局。

第六章

想不到去哪裡，小青偷偷跟著法海，見他去探訪一老人。

「青兒現在和她愛的人快樂的生活著，請您不必擔心。」

「是她叫你跟我說的？」

「是的。」

「因為路途遠，她又懷孕，不便來探訪，託我回話。」

「懷孕了，喲，雙喜臨門啊。」老人笑得合不攏嘴。

「青兒叫我幫您治病，您得聽話，好好吃藥，我會在這照顧著您。」

「我知道我自己的情況，人老了，生老病死都是必經過程。可大師你儘管治，我都聽你的，我不會抱太大的期望，只求能撐到見外孫子。」老人心水清，可心中還是希望能看到孫子，看到女兒幸福的畫面。

小青不知法海所做為的是何人，可見到他慈祥對老人的一面，心中還是有種感動，他也是個人，有血有肉，只是自己無能力變成人。

怕他發現，以為自己想對老人不利，小青只好離開。

傷口還在作痛，離開白素貞已經三天。

第六章

她會在想自己嗎？還是正在高興終於可以和許仙過一些神仙快活日子，沒有自己在礙事兒？

腰間還在繫著如意結，她還是想知道她安全。

在和她的角力間，她還是選擇做回負方。

小青在晚上回到屋子，白素貞正在和許仙吃飯，她有點怯，怕他們已連成一線，還在生氣，對她不瞅不睬。

「小青？」許仙先看到她。

白素貞立刻轉過頭來，她看起來，怎麼老了點？

「小青，你回來了。」她衝過來抱住她，也許她依然佔上風，可是慢慢，她要花的是更大的力氣。

小青知道她對白素貞還是義無反顧的憐愛和守護，可同時，她要讓白素貞習慣，自己還是會有一天離開，找自己的「許仙」。

白素貞嗅到小青左胸有傷口。

「你受傷了？」她緊張。

「小事而已。」小青不敢說實話。

「讓我看看。」她把小青扶到內堂。

「小青受傷了，我替她看看傷勢。」白素貞和許仙交代。

小青沒有正眼看過許仙，他們之間的角力，似乎未定勝負，許仙看到白素貞在失去小青後的落寞和現在失而復得的緊張喜悅，許仙明白小青的重要性，還是很堅固。小青也了解，許仙同樣嫉妒她，這一次，她算扳回一城。

來到內堂，只餘二人的空間，白素貞脫下小青的衣服，畫面有點熟悉。

「怎麼弄傷的？」

「我在樹林裡和一隻蜘蛛精口角，接而動武，我冷不防中了她的暗器，就這樣弄傷了。」

「可看得出有人替你療過傷。」

是的，他替我療傷，可她不能說。

「幸好遇見一個會醫術的男子。」

「果真如此？」

「是的。」

「那男子可得你心？」白素貞得知後，心中不禁抽了一下，她和男子有肌膚之親吧，好像不能再獨自佔有她的胴體，才驚覺原來自己在乎著。

「過眼雲煙，不值一提。」小青不欲再把謊話編下去。

白素貞溫柔的替她清理傷口，細細看著她的身體。小青樣子身材不比她遜色，若她不再回來，放心去結識別人，可能會找到比許仙好的人，過著比自己幸福的日子。

只是自己一直以為能對她任意擺弄，以為她對自己必定不離不棄，以為她修行不夠自己高，甚至為了許仙還想趕她走，可直到意識小青已經不甘於擺弄時，她有自己想法時，白素貞也明白了，這次小青肯回來，是一種對自己的眷戀和不捨，是小青的選擇，是自己不再能完全控制的決定，小青隨時可以再走，她隨時可以再失去小青。原來自己早就成了角力中的磨心，損耗的程度，不輸他人。

想到這裡，白素貞默默流下淚來。

小青看到白素貞為了自己憔悴銷魂，心中也難過，可若法海沒有出現過，她可能會完全被白素貞的眼淚撼動，完全的心軟，做回無怨無悔的小青。可現在，她覺得白素貞也是個可憐人，她已無法再捉緊自己的心，或許連許仙的心，她其實也捉不緊。小青抬起白素貞的臉，眼中懂得憐惜，她不為自己所謂重奪白素貞歡心或之類而喜悅，她只是希望這個她憐愛的人得到幸福，她會做任何事讓她幸福，為了她，小青可以忍讓許仙，因為現在，白素貞唯一還能依賴終老的，是許仙，不是自己。

小青緊緊抱住白素貞。

「小青，不要再走了。」白素貞哀求著。

「總有一天是我該離開的時候，可不會是現在。」

一次出走，轉變已是無可挽回。

這一晚，白素貞如從前未嫁時從後抱住小青睡，可除了白素貞，小青和許仙今夜也未真正入睡。

三人回到出走前的生活，白素貞依然是別人眼中幸福的女子，小青和許仙恪守本份，不多交涉，只願白素貞不再為難。

兩個月後，農曆四月，白素貞忽然於工作中暈倒。

經過許仙把脈，他狂呼起來。

「娘子，你懷孕了。我們有小孩了。」

小青和白素貞都驚訝，白素貞懷孕，代表她距離成為真正的女人，走進一大步，也意味她的法力漸漸消退，直到肚子裡的孩子出生後，她就會完全變成一個普通的女人。

「相公，你說的可當真？」

「我是大夫，當然是真的了，我太高興了，哈哈。」許仙是打從心裡喜悅，因為對他而言，除了因為有後代，也因為這是小青無法體會，也無法為白素貞做到的事。

見到小青在發呆，他不禁喜上眉梢。

兩姐妹眼神交換，她們明白，這意味什麼。

小青和許仙對望，他一副勝利者的樣子，可難道他以為，小青還在在意他和她之間，誰勝誰負嗎？在意的只有許仙一人，現在他完全勝利，小青害怕，他不再有戰鬥中的鬥智，不再當白素貞如珠如寶，唉，這樣的云云男子，叫她如何放心？

「小青，你家小姐懷孕，你得好好看著她，有時我在藥莊工作，就靠你看著她了。」

「公子放心，我定好好照顧小姐。」

白素貞其實十分歡喜，生兒育女的滋味，她現在終能體會，雖然這代表她會老去死去，可做人不就是她最想試的事情嗎？

許仙不亦樂乎，小青也只好接受，始終，白素貞最想做的事，只有許仙能替她完成，她只能好好看著白素貞，讓她孩子健康出生。

可此時杭州城正鬧瘟疫，許仙也得忙著研製藥物替民眾，可偏偏疫情來勢洶洶，許仙一直找不到頭緒。

白素貞雖不再出現在藥坊，可從小青口中也略知一二，知道許仙的苦況，見他廢寢忘食的工作，也心痛。

「小青，我有個意念，想你幫忙。」

「你想幹什麼？」

「這瘟疫若不能靠人的努力消除，我們妖也許能做些好事，也算為我的孩子積陰德。」

「什麼意思？」

「用我們的法力做藥，分給大家，無論什麼病，也能藥到病除。」

「你瘋了？你這樣做很危險的。」

「我知道我法力已經慢慢消失，孩子在用我的法力生長，可是在我能力之內，我想幫許仙。」

小青覺得白素貞懷孕後，更痴迷，更傻了，已不如靈巧的蛇一樣機警了，可這也代表，小青若想勸說，已無用，只好配合。

「必須合你我二蛇之法力才可以，不過此事不要給許仙知道，你只要說是你們家傳秘方就好。」

「嗯，我知道了。」

經過二人合力，終於許仙的藥莊成為了全城唯一能醫治瘟疫的地方，民眾對他不勝感激，紛紛送上安胎和嬰兒用品，令許仙大為感動和驕傲。

「小青，你們家的秘方也太厲害了吧，能說給我聽有些什麼嗎？」

「說了是秘方，也就是不能說的了。」

「我們不一家人嘛，真不能說。」

「不可以。」小青覺得許仙只為得到好處，完全無視了白素貞疲弱的身子。

「現在瘟疫好了，你花點時間看看小姐，你這些日子也沒好好陪她。」

「也對，忽略了素貞了，我這就回去，你替我收拾一下。」

第六章

「行。」

許仙覺得事事如意，可竟不察覺家中愛妻日漸勞累，比未懷孕時還勞累，他只覺得她不如從前美，男人婚後只懂把不好的東西放大，選擇性的把好處埋沒。

看著她側躺著撥著扇歇涼，還是得疼惜。

男人還是懂得用花言巧語來掩飾心中想法。

「相公，你回來了。」白素貞懶洋洋道。

「對啊，這十幾天都在忙於醫治瘟疫，現在終於醫好了，實在舒一口氣，你看，大家知道你懷孕，特意送許多嬰兒用品和補品給我們。」

「這就好了。」

「小青的秘方還真厲害，原來她才是醫術最好的一個。」

「她父母都懂醫術。」

「可她不肯說出秘方內容，真可惜！你說她家中還有多少秘方呢？」

「這秘方不傳外人，你也不怪小青，她有她的執著。」

不傳外人，許仙聽出重點，可白素貞不覺有何特別，懷了孕，真是笨了不少。

「原來是這樣，娘子，你有什麼想吃的嗎？」

「無所謂啊，相公，我腳痛，你能來替我按摩嗎？」

許久無撒嬌，白素貞只想找相公依賴。

「來了。」許仙還是得做個愛妻奴，雖知白素貞已逃不出他手心，可也不能對她太過冷淡。

摸著她白滑可微腫的雙腿，他依然小心的搓按著，刺激著白素貞的神經。白素貞比小青多的是嫵媚溫馴，像隻任意擺弄的小羊，男人就是個牧羊人。小青則像一匹野馬，難以馴服，卻有更多可能性，男人也是個馴獸師。

白素貞一路呻吟，許仙腦中的幻想開始交織，對他來說，這把聲音，不論是羊還是馬，他也要把她們捉住。

許仙的手漸漸向上移，眼前的白素貞和小青合為一體，對女人來說，男人無時無刻都是一隻吃不飽的猛獸。

至少得滿足於一刻的幻想，可白素貞不再如以前挑逗，她甘心接受許仙所有的需求，用力的提供回應。可她不知道，精力旺盛的男人，不能怎麼快就甘心於對一個女人的忠誠，至少他的下半身，還是稚嫩，像個小孩，只懂得要，不善於說謊，雖然他的上半身，是個經驗老到的男人，說的謊言能騙你，聰明的女人還是能有所察覺。

可也說明了，女人變笨，或多或少，來於戀愛或婚嫁後甘於滿足小孩的索求，她們受不了男人像小孩一樣哀求她們，那種母性，完全改變了她，她可以滿足他所有事。可一個依然精明的女人，對刁蠻的小孩或熟練的男人，還是無動於衷，她只要他真正的年紀所表現出來的真誠。

第六章

白素貞相信他的上半身，滿足他的下半身，可小孩要自由，會四處找好玩的，可她只能痴痴的聽著由他口中說出的甜言蜜語，她就算還能留住他的心，還能讓他因愧疚而撒謊，誠實的小孩已經漸漸拉著男人的思緒走遠。

「素貞，辛苦你了。」

「為了你，什麼都不辛苦。」白素貞望著這個她不顧一切付出的男人，真切的說出這一句。

許仙吻著她的額頭，白素貞但願幸福如他的吻一樣持久深刻。

小青坐在屋頂上，她是一個精明的女人，總是把所有看在眼內，放在心內。

「難道你不知道你本來已經用了很多法力救人，已經衰弱了，還由得他來拼命擾亂你的身子，令你操累，姐，你是否傻了？」

「他工作回來，有需要，我作為妻子，當然要滿足，難道由他找別人來代勞？我還能做的，我都要做好。」

「為何讓自己越來越卑微？你替他懷孩子，又要犧牲法力，現在又要犧牲精力。本來你可以吸他陽氣來補身子，你這樣又不捨得吸，他只會累一點而已，又死不了。」

「現在瘟疫過了，我有很多時間復原，犯不著這樣做。」

「姐，我覺得許仙變了。」

「小青，我明白的，你覺得他不如以前愛我，可我會想，我若不如以前可愛了，怎能要求他對我如一？」

「這什麼話，你有否因他不再俊俏而不愛他了？男人的心如此善變，怎和你一起到老？」

「他對我來說，一樣的吸引，是我不夠好，可我相信他，不會做出苟且之事。」

「就是一個『信』字？」

「對啊。」

小青心灰意冷，她說不動她。小青只是一個無所依附的妖精，說來自然輕鬆，可白素貞有她的原則，她有家室，她有顧慮，不能再任意妄為。

許仙已經完全讓一隻調皮精明的蛇妖變成馴服聽話的女人，可這樣，真的是好事嗎？

「姐，你會願意為許仙而死嗎？」

「當然可以。」

「他願意嗎？」

「他的答案對我的決定沒影響。」

「姐，你要為他死的人，是五百年前的『許仙』，而不是現在的他。」

「對我來說，沒分別。」

白素貞的笑容，令小青無意再試著改變她的想法，她不想再和白素貞爭吵，她只要好好好守護著她。她不想成為第二個傷害她的人，許仙所有的不是，白素貞都能原諒，所以，小青要在意的不是說服白素貞不去愛，而是讓白素貞能永遠愛著她愛的人。

「你好我就好。」小青回以一笑。

「小青，謝謝你。」

小青替白素貞按摩著肩膀，讓她身心能放鬆，白素貞終於能在一整天等待許仙中休息一下，慢慢打著盹兒。

小青從背後摟著她，在她耳邊呢喃。

「姐，我愛你。」

白素貞釋然的笑，慢慢的睡著，這可能她近來最舒服的一覺。

第七章

白素貞進入比較長時間的瞌睡，這樣有助身體復原。

屋子一片寂靜，許仙見大家身體都已無恙，決定休息一天，待在屋子裡。小青從外買菜回來，見他一個人在練字。

一副專心的樣子，白素貞看了，定目眩神迷，可對小青來說，一點可取的地方也沒有。

「小青，你回來了？」許仙聽到她進門。

「是的，現在要做晚飯。」

「時間還早，來歇會兒。天氣熱，來飲杯茶，消消暑。」

小青不欲搭理，可又怕他又指責她無禮。

坐在許仙身邊，他一臉認真，在新的一張宣紙上寫字，他散落一地的紙，都是一些唐詩，小青在書齋中看過，隱約認得它們的外形，可不知道它的內容。一地的才氣，小青只覺無用。

「小青，你會寫自己的名字嗎？」

「不太會，我沒受過教育。」

第七章

「其實你的名字聽來簡單，可其實用手一書，就知玄妙。」

書生說話總是聽來難解，有何玄妙呢，不過當初順手看見兩個會念的字，拼在一起。

可小青還是想知道許仙在做什麼，托著腮認真的看他書寫。

認真的男人能被一個女人欣賞，倍感驕傲。

「你看看這字。」

小青看著，不過是當初所見的模樣，「小青」。

「有什麼特別？」

「這是個『情』字。」許仙倒出一杯茶給小青。

「情？這不是兩個字嗎，小、青。」小青指出來，這是她的解讀。

「不，這是個情字，左邊的不是小，而是心字，只是寫出來有點像『小』字。」

小青一怔，原來自己一直誤解了此字，而原來一個「情」字從一開始就跟隨著她。

「你不覺得很妙嗎，你的名字，其實可意指一個『情』字。你名字帶情，可你懂得情嗎？」

小青不作答，她還在回想當初看中此字的情況，合眼緣，就是這麼簡單，妖精的直覺，和女人一樣細，看中了，也不會丟棄。

她又想起法海，她想他。

「小青，說實話，你來這兒也一年了，你有沒有喜歡上什麼人啊？」

小青溫習著他為自己療傷的畫面，臉也發燙。

許仙見她臉紅，以為她不便說出對自己的愛意，心裡得意。

「我見你整天去的地方只有屋子和藥莊，識的人又不多，可是有心上人不欲說出？」

「沒有。」小青不會和任何人說出法海的事，這是她的秘密。

「沒有你怎麼臉紅了？」

「不關你事。」小青見許仙欲有所指，連忙澄清。

許仙撿起地上的一首詩，徐徐唸起。

「紅豆生南國，春來發幾枝，願君多採擷，此物最相思。此詩不知是否合小青的心意？」

小青根本聽不明白。

「小青，你人又美，又能幹，到底喜歡什麼類型的男子？」

「公子是怎麼了？」

「我只是想知道你的意思。」

「什麼意思？」

「雖然我們之前有點爭執，關係有點僵，可是我發現，其實小青你是一個難得的好女子，若你不介意，我想納你為妾，這樣一來，你又不必離開素貞，而且你的秘方和才能又可以發揮。」

小青瞬間怒不可遏，他想享齊人之福？他怎麼對得起白素貞對他的痴心？

「你說來說去不為了秘方？你怎麼對得起小姐？唯利是圖的男人，我家小姐真嫁錯人了。」

「不，小青你誤會了，秘方絕不是重點，你才是重點。」

許仙拿出幾幅畫作，都是畫她，有她正面，有她背面，令小青嚇的說不出話來。

「其實一開始，我也有注意到你，西湖的畫上，我也有畫你，你有注意嗎？可我對你的心意一直都不敢直白，我有偷偷畫你，畫的甚至比素貞還滿意，我們中途雖然有爭執，可我的嫉妒不只是因為你搶走了素貞，還有她搶走了你，總之你們之間的親密讓我變得像局外人，我不甘心，我妒忌。我想要你們兩個。」許仙激動的表白讓小青覺得不可思議，她多想一劍殺死他，這花心負情的男子，居然想魚和熊掌兼得。原來他不只是個書蟲，還是個淫蟲。

「許仙，你是不是瘋了？你說的話，你知不知道會讓小姐多傷心？」

「我不介意，我要知道你的想法，你愛我嗎？若我們相愛，男人三妻四妾多的是啊，小青，我是真的很愛你。」

小青一掌摑下去，她真的聽不下去了，這男子噁心之極，實在無法容忍。

「你打我不要緊，我知道你著緊素貞的感受，你打我是應該的。可我相信，若我們和她說清楚，她一定會體諒的。」

「賤人，你就是一次又一次利用小姐對你的容忍來做出傷害她的事，你是不是男人啊？」

「男人怎會一世只愛一人呢？素貞對我的好，我銘記於心，可我對你的愛，也是無可阻擋。」

小青真的想一劍幹掉他，要不就閹了他。

「我要殺了你。」

「小青，你若殺了我，素貞怎麼辦？她孩子怎麼辦？」

可恥到用白素貞來做籌碼，這男人，等遭天譴。

「今天不是你死就我亡。」

「小青，你冷靜點，好，好，我不迫你，你也別亂來，為了素貞，我們慢慢談。」

小青氣在心頭，不欲回話。

「喝杯茶，消消氣，我不迫你，都聽你的。」

小青拿近杯子一聞，春藥的味道，這賤人軟的不行，想來硬的。

她把茶都潑在他臉上。

許仙一手擁她過來，她不上當，他今天也得征服她。

「你最好別叫，吵醒素貞，她只會認為你勾引我。」

小青聞到許仙已飲了不少茶，快失去理智，且力大如牛，難以掙脫。

第七章

許仙親著小青的頸部，用力想脫掉她的外衣。

小青拼命掙扎，無法使出武器。

許仙把她壓在地上，小青向他吹氣，讓他暫時失去知覺。

簡直是一場惡夢。

幸好白素貞還在熟睡，不知他的惡行。可她又不能把事情告知白素貞，只怕許仙可以顛倒是非，她只能死忍。

小青把許仙所有的字和畫作燒掉，看著他寫的「情」字皆化成灰，餘灰也丟掉，又把茶倒掉，她和許仙之間，只有恨意，全無情意。雖然是他教會自己，原來從一開始，自己就是個有「情」人，可讓她懂得情的人，是白素貞，是法海。

對著他，有情人只遇壞事情。

看著他睡在外面，一臉醜相，真不忍卒睹。小青能做的，就是在房間守著白素貞。

第二天一早，小青打算跟許仙說明白，誰知他已走掉，小青去到藥莊，只見藥莊又說休息一天。

她撿查藥材，得知許仙一定又拿走了不少催情藥。可算算時間，白素貞該醒了，她先得回去。

回到家中，白素貞已經醒了，一臉茫然，可是累容不退。

「許仙在哪兒？」

「他說今天要出去遠一點的地方辦貨，可能要晚一點回來。」

「原來是這樣。」她也不問了，現在誰說什麼，她也信了。小青望著白素貞，心痛非常。

「今天會下雨。」白素貞對天氣還存有敏感度，特別當她知道許仙在外頭。

「他有傘的，別擔心。」

二人待在房子裡，也不說話，白素貞還有倦意，也不想多說話。小青只願許仙能相安無事回來，別笨得說出任何令白素貞傷神的事。

天烏雲密佈，下起大雨，整個屋子都彌漫著哀愁的氣氛，白素貞害怕許仙有危險，坐立不安。

「小青，你說他什麼時候會回來？」

「姐，你別操心，他會自己照顧自己。」

雨越下越大，白素貞焦躁起來。

「天都黑了，待會兒還會有閃電，撐著傘也會有危險啊，我們去找他吧。」

「姐，你在這待著，我去找就行了。」

「不，我要和你一起去，我不怕水的。」

「你現在不同往時了，我去就好。」

第七章

「沒事的，兩個人找快一點。」

雷電交加，兩女子在城內街道喊著「許仙」，可街上早已無一人，商鋪早已關門。

「小青，許仙不見了，怎麼辦？」

「姐，不會的，他可能是困在人家屋子裡，出不來而已。」

「那我們挨家挨戶找好嗎？叫許仙出來。」白素貞語帶哽咽。

「姐，你這樣會惹怒別人的。」

白素貞不理小青，繼續往前走，停在全座城內唯一燈火通明的地方—萬花樓的門前

小青趕上，見白素貞呆著，立刻衝上去。

「姐，怎麼了？」她扶著她不穩的身子。

白素貞也說不出因由，她只覺得心好痛，好辛苦。

「小青啊，不如我們跳上屋頂，挨家挨戶看吧，許仙可能很危險啊。」

當白素貞想用力，就捱不住暈倒了。

「姐，姐，你醒醒啊。」

小青扶著白素貞回屋，來到大堂，白素貞又甦醒。

「許仙呢？找到沒有？」

「姐，你都快撐不住了，還念著許仙，你先休息，我一定替你找到他。」

見白素貞向前撲倒，小青立刻扶著她，感到她全身發冷發抖，她已不是不怕水的蛇妖

了，她會病，病的很重。

小青把白素貞安躺在地上，用冷水敷著她熱燙的額頭，她得施法讓白素貞復原，不可影響孩子。

外面的雨越下越大，本來是蛇妖該喜悅的事，她們以前會玩水，可現在，白素貞的身體已支持不住。

小青望著嚎哭震怒的天空，也哀愁起來，是什麼預告嗎？

小青點起十支蠟燭，半圓地繞著白素貞。燭光點亮了全黑的屋子，可溫暖無法傳進屋子任何一個角落。

當她點燃第九支時，忽聽見白素貞叫起「許仙」，外頭雷聲大作，嚇得小青立刻回頭看著白素貞。

她的眼依然緊閉，可她的心睡不了，她想的人還未回來，她也無法平靜，只是身體太累了。

小青真的不明白，為什麼一個痴情的妖精偏偏愛上一個負情的男子，難道因為她是妖，就不能得到幸福？所有的妖都不能得到幸福嗎？

她把手中最後一支蠟燭立在地上，雖然外面風雨險惡，可無法阻礙她守護白素貞的決心。

她聚集真氣，把每支蠟燭的燭光抽起，十顆燭光在空中形成光圈，再凝成一光點，小青把光點移去白素貞臉上，溫暖和真氣隨之進入及擴散在白素貞體內，光點漸漸消逝，最後在白素貞的肚子上熄滅。

白素貞的臉上終於出現暈紅，臉色也好了不少，手腳有回溫度。

小青摸著白素貞的臉龐，她看著白素貞由期盼到得到，她堅信自己是幸福的，不可以讓她失去希望，失去信念。

小青對著白素貞的嘴吹氣，讓她能睡久一點，等她醒來，小青保證一切都會是美好的。

小青撐著傘來到萬花樓前，就算外頭雷聲大，閃電狂，裡頭作樂的人又有什麼興致理會？

白素貞能夠聞到許仙的氣味，她之所以停下有她的原因，可她不願相信他在裡面，裡面的氣味太複雜，以她現在的情況，她寧願相信自己的直覺出錯了。小青看在眼裡，白素貞心痛，只因她的理智和她的感情起了衝突，她已經負荷不了真相，她希望能欺騙自己。

小青不打算衝進去，她飛上屋頂，把一片瓦片揭開。

這裡是她開竅的地方，她開始有善惡知覺的地方，在屋頂上，她開始學做人。

許仙確實在裡面，身邊還有幾個漂亮妓女，對他千依百順。

小青聽到他們的對話。

「公子，外面打雷，我們怕。」

「別怕別怕，我會保護你們的。」

「公子不是有妻房嗎，難道不用回去嗎？」

「別說掃興的話，今晚我不會回去，你們啊，誰再提，就要打屁股了。哈哈哈。」許仙和妓女嬉笑怒罵，把所有煩事都拋諸腦後了。

「公子啊，以後要常來哦。」

「好好，你們個個都這麼可愛，我巴不得以後住在這兒，不走了。」

外面一大聲雷，他們立刻摟在一團，許仙猙獰飢渴的樣子，比小青見過的所有妖孽的樣子還可惡。人有時，真的比妖還可怕，因為他們可以讓自己的心變得險惡，由心而生的惡念種出所有惡果。

她不想再聽下去，她怕自己炸了整間萬花樓。眼睛已變成青色，小青只能把怒氣向天上發泄，她大吼一聲，天也怒吼回來，像是和小青說，就算你怎麼奮力的反抗，也不能改變什麼，人的所有東西都能偽裝，只有心不懂得說謊，變了的心，可以怎樣？

小青坐了一個晚上，萬花樓歌舞昇平，當初她無知闖進，享樂其中，今日她獨自黯然，可繁華不會因她褪色。

景物無情，所有歡愁，無所關連。其實天氣也一樣。只是云云眾生，只懂得把錯怪在他人他物身上，然後餘下自己在一個可憐的位置。

第七章

一早，她回到屋內，等許仙回來。
第一次感到心何等的累。
爛醉的許仙回來了。
小青立刻推他去洗臉。
「許仙，你醒了沒有？」
「什麼事？」他還在昨天的狂歡中。
她又打了他一巴。
「我問你醒了沒有？」小青怒吼。
許仙不情願的又用水洗了幾次臉，才回復意識來。
「小青，幹什麼呢？」
「知不知道你昨天去了哪裡？」
「昨天？頭好痛，真的記不起了。」
「前天呢？」
許仙開始臉有難色，怕是有記憶吧。
「你知不知道你昨晚去了尋歡，小姐和我等了你一整天，她擔心的要命，天又下著大雨，她雖然大著肚子，可還冒著雨找你，撕心裂肺的叫你，可你呢？聽不見對吧？她撐不住暈倒了，還發燒，你有在意過嗎？你在意的只是誰做你妾侍，誰服侍你是吧？」

許仙聽見白素貞病倒，露出緊張神色，小青的指責，讓他慚愧不堪。

「我不會打你也不會在她面前說你一句壞話，可我求你了，你不要再傷她的心了，你若真的愛她，請你學會愛惜她，一個女人愛一個男人到這種程度，是男人十世的福份啊，許仙，我可以忍你這次負她，可若我再知道有下次，你不會再有機會活著走出我視線。」

「小青，對不起，我答應你，不再去花天酒地，不再置素貞的安危不顧。也謝謝你，不說我壞話。」

「我為的是小姐，不是你，男人的臭尊嚴，我受夠了。你進去看她吧。」

許仙整理了一下，怕白素貞聞到酒氣香氣，立刻去沐浴，見白素貞睡得正熟，沐浴完跑去熬藥。

白素貞醒來見許仙安然無恙，心喜，立刻抱住他痛哭，昨天的細節，她不記得了，眼前他還在，他安全，就足夠。

小青只想許仙的心能心甘情願的回來，這些門面功夫，白素貞一定喜歡，可只有小青看得出，許仙只是怕小青找他算帳，怕自己小命不保才如此熱心，或許他還愛她，可他的心，更多的是恐懼。

不過若白素貞不介意，或不理會，她依然是幸福的。

第八章

事過境遷，小青很想能有時間和空間喘息，她不想對著二人，看著他們的互動，如同往昔可是已是物是人非，她很難受，可又不能表現出來，她做不到。

「小姐，公子，我出去走一走，可能又會消失幾天，不過別擔心，我會回來的。」

二人沒有接話，好像明白，說什麼都不如放小青出去休息一下更好。

小青終於可以舒一口氣。

她在樹林裡飛舞，流汗，把壓力都釋放出來。

思念時，她會摸著自己的心，由得心隱隱的痛，由得情緒一點點的起伏。

自己一個人的日子，小青過得很自在。

她在附近找到一條瀑布和河，能夠讓她暢泳，讓她抱著自己的蛇尾作樂。

其實她不想回去了，可她答應了要回去。

青兒的爹最終還是不敵病魔。

離世當天，法海正在為他煮飯，老人稱讚著他的廚藝，二人已有深厚的感情。

法海從這幾個月的照顧中，重新體會到自己從小缺乏的父愛，寺中的老和尚皆是他的師傅，也是他的「父親」。至於他真正的父親是誰，已無從追問。

法海就覺青兒的爹如同他小時最喜歡的一個師傅善因，慈祥又愛笑，可總是能教會他人生大道理。

法海自小練武，身心都強硬，可就是認為世上什麼都能用武力解決。因為無父無母，他比別的孩子少了點天真，少了點軟弱。

他記得是善因教會自己，世間最強大的不是武力，而是人和人之間的情，它能對付所有的困難，它也能令人做出最善美，也能做出最可怕的事。

「我們的心除了讓我們有心跳去生存，也讓我們有情。只要人間有情有善念，沒有什麼能摧毀世界，可若人間的情都是恨都是怨，我們最終就會摧毀自己。你是很強大，可你的心也要強大，若你不懂得人間最重要的情，最終只會為情所誤。海納百川，你要有寬大的心胸去寬恕，才能得修成正法。」

「知道了師傅。」

「我說的話，你不用立刻明白，只要長大了，還記得，一定會有用的。」

法海這幾個月，好幾次在夢裡見到善因，他的笑容，他的仁慈，都是他所尊敬的。而這一段話，也就反覆出現在他腦裡。

「張老伯，早飯好了，是你最愛吃的炒黃瓜和木耳，還有小米粥。」

「聞到也覺得香，法海，你做菜真厲害。」

「都是些家常小菜，老伯愛吃就好。」

「之前青兒出去打工，害我自己在家裡也沒什麼好吃的，都是做些饅頭，菜也不想買。」

「她出去也是為您好。」

「對，女兒幸福，比我自己幸福還重要。你知道不，我年輕的時候，都想過為何要成家立室，甚至我也想去出家修行，一個人不也可以快快樂樂的嗎？可是啊，當年紀長了，就覺得，一般人都怕孤獨，要不你不怕，就是你沒經歷過不孤獨的日子，我和青兒的娘親其實是曾經分開過的，我以為自己真的可以不需要任何人來陪，可她真的很好，我都不知道會不會再遇到比她適合我的人了，失去過才懂得珍惜。她給我快樂，我也想給她快樂，我覺得一個人的快樂是不完整的，你也需要別人給的快樂，於是我找回她，心甘情願的給她管住，她死後，我就把對她的愛全部給女兒，我的最大快樂，就是來自於她們。」

法海也笑了，老人幸福的笑，來自於他一直緊握的感動和回憶，具有莫大感染力，多平凡的故事，對於未曾懂得的人來說，都有種震撼。

「世界是公平的，對些資質一般的大多數人，給他一些安安穩穩的日子就好，像你這些好漢子，就要去拯救眾生，多一點力量，也多一點責任。我們這些情情愛愛，在你眼中，是否太過渺小？可是微不足道的，有時就是最為強大的，法海大師，你有沒有想守護的人？」

「我要守護的，是眾生。」

「你的愛都給予我們全部人，真是不易做到的層次，我這些老人，能守護我愛的人，也不容易了。還有些不愛的人，我還是做不了，去愛他們。」

「有恨，就有惡念，就種惡果。」

「說是容易，做就難啊，大師沒有不喜歡的人嗎？」

「我只討厭害人的妖。」

「這就不是人間的紛爭了，不過，有情的妖，也許比無情的人好吧。」

「不能這樣說，她們是妖，自有她們的前因後果。」

「我不跟你爭論，不過大師，你很正直，可做人有時不是說一就一，說二就二的，很多時，我們都會輸給自己的心，腦子雖然知道是錯的，可心就是想著另一個方向，你以後若遇到這些情況，我勸你，聽心的話。」

法海點頭示意，他雖飽讀佛經，深明大義，可人生閱歷，在善因和張老伯眼中，都還淺。至少他們的話，他都得記住，有一天，總會有用的。

「你都不愛笑啊大師，人生已經夠苦了，你還不多笑一點，太慘了。」

法海是不愛笑，他覺得人生也沒什麼值得喜悅的事，除了妖後，還予他們的都是虛偽的笑，只為令妖孽膽怯。

此時看著老伯，想著這段日子，其實是多麼平靜和樂，他高興的笑了，老伯也跟著大笑，這可能是他到現在為止最真誠最滿足的笑容。

「這好看多了，哈哈，你還年輕，該多做些樂事，別整天苦著臉的。」

吃完早飯，張老伯就說累了，要午睡，法海就替他蓋好被子。

他忽然想起善因彌留的時候，也是由他陪伴。

沒有多說半句話，他們都是以最平靜安詳的臉容，嘴邊掛著微笑，告訴法海，什麼才是真正的解脫，什麼才是真正的釋懷。

能在睡夢中悄然走掉，是最為人追求的離開方法吧，無痛無苦，無恨無怨，只是從現實世界，擺渡到了另一個地方去而已。

「阿彌陀佛。」

平靜和紛擾都不會永遠，它們間接著出現，人生才會平衡。

法海在回杭州城的路上，見到一個小男孩在路上行乞，他走過去抱起他，希望找到一個好人家收養著他，孩子雖和自己有緣，可他總覺要讓孩子感覺到母愛，才是完整的。

看著他因食物而快樂的樣子，想起自己的小時候，心裡同情憐惜。

「你有名字嗎？」

「沒有。」小孩吃著法海給他的包子，天真的答道。

「你叫善念好嗎？」

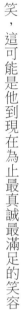

子。

「好啊。」小孩不懂因由，只要有名字，什麼都好。

法海看到遠處有一村莊，村前有一個婦人和一個手抱的男孩，於是想著她照顧這孩子。

「你好。」

婦人疑惑的看著他們，法海忽覺熟悉。

她好像是當初法海接生的婦人啊，心裡覺得欣喜，可能她就是要來還這個善因。

不過她好像不太記得救她的和尚的樣子。

「大師有什麼事嗎？」

「這個孩子，我見他從小遭遺棄可憐，可若帶他出家，可能令他失去得到母愛的機會，不知你有沒有這能力收養這孩子？」

話未說完，婦人手中的孩子立刻大哭起來。她忙於哄著孩子，也未來得及回話。

「這⋯」

「若是為難的話，我可以再找的，不要緊的。」

「不是，我有個妹妹，其實她也很想要孩子，你可以把孩子放下，我趕明兒送他去找我妹妹就可以。」

「真的？真的太謝謝你了。善念快謝謝阿姨。」

善念點著頭說「謝謝」，聽話得很。

「不謝。」

「善念，我還有事要做，有空我會回來看你的，希望你長大能做個好人，常懷善念。」

法海給了一筆錢給婦人，望她妹妹能好好照顧善念。道別後，因為天色開始陰暗，他決定晚上在一間古廟休息，可他早就感到一股妖氣。

果然，這附近有樹妖，晚上就愛攻擊人類，幫補自身法力。

二人少不了惡鬥一番，可這次，法海頓覺心神有點不能集中，不下一次給樹藤打中，受了不輕的內傷。

最後還只能勉強收復妖怪。

法海心感不妙，等天一亮，他馬上跑回村裡。

婦人得知法海回來，也大吃一驚。

地上的鮮血令法海大為緊張。

「善念怎麼了？」

「大師，其實我不大清楚，只是昨晚我讓兩個孩子一起睡，我兒子睡裡面，善念睡外面，誰知半夜我聽到一聲大響，跑進來看，放在桌上的花瓶丟在地上碎了，善念也掉在地上，頭流著很多血，該是給花瓶砸倒了。我已經立刻抱他去看大夫，可是……」

法海難以置信，怎會發生這種事？

「他在哪裡？」

婦人領法海去到另一個房間，善念躺在床上，已經由活潑的小孩變成冰冷的軀體。

婦人抱著她的孩子，孩子哭個不停。

法海又想起當初接生時的畫面，這個小孩，和蝸牛精。

他覺渾身無力，跪在地上，抱著善念的身體，他不能理解，這是怎樣的業？

法海認定一定是蝸牛精害死善念的，一個襁褓怎會有怎麼大的力量呢？妖精就只會害人，死了也不肯好好的在地獄悔改，實在太過份了。孩子是無辜的，他只是為自己所救，可沒想，又為自己所死。

可一切都是有因有果的。

可常人無法完全理解。

他哭了出來，無法想通，這因要報的話，也不該在這個孩子身上。

可他不會以惡還惡，這都只是惡性循環，所有的事都不該在萬劫不復的惡念中糾纏。他不能和別人一樣，受仇恨所控制，這是太可怕的念頭。

這只令他更下定決心，要除掉所有的妖，不只令他們消失，而且還要感化他們，讓他們懷著善念而去，這樣才是真正的救贖。

法海親自埋葬了善念的屍體，可他相信，這孩子也不會有著什麼仇恨，從他的眼睛中，法海第一眼就看到了善念，取名如此，望他早日輪迴，找到好的人家，這世他受的苦，讓他下世值得好一點的果。

短短數日，他親自埋葬了兩具屍體，一老一幼，都是好人，都有善念，可始終世間不同的際遇，很難以偏解釋清楚何以好人不一定有好報，法海只望他們都能早日超脫苦痛，不再受輪迴業障所折磨。

不知世上哪一處，也許會有兩個可愛的嬰兒出生，從他們的眼睛看世界，是無比的清晰。

「願我能真正普渡萬物眾生，讓所有逝者得到安息。」法海對著墓碑立願，他的心早已不如當初妄殺時兇殘。

他一直走著，走到樹林裡，有許多的畫面都在這裡發生，可過往不重要，當下他的行為才重要。

他走到瀑布上的石頭打坐著，身心都受了傷，只求快點復原。

小青這天還未接近河邊，就已聞到他的氣息。

他說過再見她就要把她除掉。

她能躲的，可她偏不要躲，比起死，她更怕見不了他多一面。

見他在石上安靜的打坐，小青光看就已經歡喜，還是如座十八銅人像一樣，可她又覺可愛。

像白素貞覺得許仙怎樣也可愛吧。

她這樣過去，他會怎樣了？

就算知道大有可能會死，小青還是想了一百萬個死法，最好他吻到她暈死，小青自己想到樂透了。

總之，今天她就算死，也要勾引到他。

她跳進河裡游動，游到石前，自水中露著半身，近一點的看著法海，他全身動也不動，小青媚笑起來，這男子就有著定力，可她就是要動搖定力。

她從水中完全起身，一身濕透如水仙，可閉著眼的法海又怎樣看得見這番景色，可這番景色，也許只有法海能有機會看見，她沒有意欲挑逗任何人，她只想他知道她有多麼令人心動。

她緩緩走近，想直接親著他的嘴。

他又怎會不認得她的氣味？

他彈指一動，右手伸出欲直彈傷小青，幸好她閃得快。

「你怎麼又在這？真那麼想死？」法海不耐煩，他還未療好傷，現在又遭蛇妖打擾。

「你受傷了？」小青聞到。

「與你何關？受了傷也能輕易殺你。」

小青心痛著，不是因法海的話，是因他受了傷。

第八章

「你殺我又何重要？反正在你眼中，妖都該死。」小青走向法海背後。

「你想幹什麼？」

她只想為他療傷。

他下意識反抗，二人一同掉進水裡。

小青討厭他不善解人意，可就算她說出口，他也不會信。

妖怎會懂得救人？

她再度移近。

她深情的看著他，希望他明白，就算天掉下來，她也不會傷害他。

可他就算看出她對他有意，也不會相信她對他無害。

法海相信青蛇反覆的出現是一種試煉，今日的情況和她惡鬥不見有好結果，倒不如利用她的情意和她以另一種方式鬥，也當是給自己的試煉，始終上次法器失效一時，還令他耿耿於懷。

「敢不敢跟我鬥一回？」

「鬥什麼？」

「你不是想勾引我嗎？若今日你成功了，當我輸，若你失敗了，當我贏。」

「輸了又怎樣？」

「我輸了今日就不殺你，你輸了就由我宰割。」

他對自己定力有信心。就算怎樣，等到她埋身親近，他也可偷襲，頂多他受多一點傷，可總能除去這妖孽。

「好啊。」小青立刻回道。

反正最後還是得死，死前能和他親近，也算無憾。

他站在水中，雙手合十，閉目唸經。

她繞到他背後，緊緊的箍住他，蛇尾繞著他的下半身。

他動彈不得。

她的香味刺鼻，法海鼻前呼吸的空氣也受到迷惑。

小青把臉貼近，想親一親他木納的臉，看他是否真的冷漠如霜。

見死守不是方法，他忽然採取反擊，把她的腰抱住，扭動她的身子讓二人正面對視，小青緊緊的環抱著他，法海還把她整個推前，二人的距離近得好像只差一點就能親吻，可他當然不允許她這麼輕易吻下去。

小青顯然料不到他有這一著，一下子愣住，只懂痴痴看著他，他的臉輪廓分明，俊氣又有幾分肅然。她能看見她只在他的眼裡，心像著魔一樣給迷住，她根本贏不了，在這場角鬥，她從一開始就輸了，她只想能多看幾眼，想他別這麼快下手。

她摟得他更緊，可她沒有親下去，她知道一親下去，下一秒她就無能力感覺到自己的心跳了。

也許就這樣對望吧，她能看著他一世。

她的左手慢慢從他背後移向前，摸著他的臉，她能感覺他在發燙，呼吸輕輕的在喘，她的右手也從他背後移向前向他心臟方向下滑，他心跳的很快，很快。小青水中的蛇尾變回了人腳，慢慢上移到了他下半身的位置，在此時，她感覺到作為一個男人最真實的反應。

法海用力把她推開，小青騰在半空，向後翻了個跟斗，衣服拖著長長的水花，又徐徐落回水中。

他不敢相信自己的反應，他停止了唸經，他停止了想除妖，在和她對望時，他的眼中真的只有她，或許他感到難以置信的，還有他的心。

當她再次在出水，法海已立回石上，背對著她正欲離開。

「你輸了。」她得意的笑。

「不，我沒有輸。」他沒有回頭，冷冷的回應。

小青迷醉的看著他的背影，她很快樂，從他的回應，她知道，他嘴上說不在乎，可他沒有殺她，代表他認輸。

小青在水中歡悅的暢泳，她心情好久沒如此舒坦。

第九章

小青帶笑的回到屋子，已過了近半個月。端午也快到了。

「怎麼今次出去怎麼久？」白素貞質問。

「玩得開心也就玩久一點。」

「別忘了端午快到，今年得多多小心，上年你差點喝酒喝出事，露了真身。」

是啊，雖說修行能頂一至兩壺酒，可上年小青幾乎把一整酲酒灌下去，嚇的白素貞為她拼命掩飾。

「放心吧，今年我不敢搗亂的了，你又不能多喝，我們著實要多加小心。」

「是了，你說你玩得開心，玩著什麼了？」

「喔，我只是去了別的城內看了看。」

「別騙我。」

「沒有啦，姐你也該到處看看，別一天到晚困在杭州城內。」

「生完孩子或許能跟許仙走走。」

「對了，許仙他近來還好吧？」

「他很好啊，比從前更努力賺錢了，說要給我和孩子更好的日子。」

小青但願他真的能補償。

「怎麼了？」

「沒有，只是玩到累，想睡個覺。」

「好吧，你去休息。我出去看看有沒有好的布料，買點回來做衣服給孩子。」

小青覺得一切都何等美好，只要許仙不再胡混，白素貞的孩子順利出生，她就安心，她就可以不再追究。而甚至幻想有天她開門，法海會向她提親，為了她不再除妖，不再做和尚，他們可以如別的伴侶一樣的幸福。

這些都只是小青能想像最美的結局。

法海感謝青蛇最真實的誘惑讓他醒覺自己也還有如常人軟弱的一面，可他不會怯，這令他下定決心不再放過她們。妖的危險，他總算親身感受了，他跟自己說，這給他莫大的信念，他不能再容忍妖再打亂人間的秩序了。

雖然輸了一次，可這次過後，法海覺得，反正所有的情他都有所領會了，這才有助自己認清和消除世間的障礙，得正法。

反而，執迷不悟的會是妖。

步入杭州城，不難感到隱隱約約的妖氣，而一間「許氏藥莊」妖氣特別重，看來是妖精待得最久的地方。

現在端午將至，是除蛇妖最好的時機。法海進去問個清楚，只見一男子在替人看病。
「大師想看病嗎，我還有幾個病人，你稍等。」
「你是這兒的主人？」
「是的，在下許仙。」
見他眉清目秀卻滿身妖氣，他該和二女住在一起。
「貧僧叫法海，對醫術略有研究，打聽到許公子醫術高明，曾治好全城的瘟疫，所以特意想來交流一下。」
「原來是法海大師，失敬，許仙只懂皮毛，不敢說交流，可十分願意結識大師。可我今天比較忙，過幾天請大師到我家坐坐，詳細交流可好？」
「不怕打擾你家人？」
「不會，我家只有內人和她丫環，平日落得清閒，有客到訪，自當相迎。」
「好吧，那我過幾天再來打擾許公子。」
許仙告訴法海住址後，就送他出門。
可許仙忙完一天後，沒有把這事兒說給二女聽。
小青和白素貞這幾天都沒有出門，許仙請了伙計，不需她們再去勞動，白素貞在家忙著做小孩衣服。

第九章

「這可好看？」
「是個男孩？」
「對啊，還要想名字了。」
「叫許白痴。這樣又有他又有你。」
「小青，別胡鬧。」
「是了，今天相公說明天會有客人來，你出去買點菜還有雄黃酒，回來做個樣子。」
「什麼客人？」
「他沒說啊。」
「真奇怪，不知請什麼人回來。」
小青走在街上，卻覺途人的眼光也怪怪的。
「大叔，給我一斤菜。」
「都…都給你。」
「來，錢。」
「不…不收錢。」大叔神色慌張。
「怎麼了，給錢也不要？」
「不用了，小青姑娘你長得美，這菜我送你。」
「奇奇怪怪的。」

不只這個菜販，好像很多人都怕了她一樣，她摸摸自己的臉，又沒有花沒有髒，真不知他們幹什麼。

「她們的錢收了也不知會不會咬人。」

「大嬸你說什麼？」

「不不不，我沒說什麼。」

小青越想越奇怪，可又不知是怎麼一回事。

「老闆，給我一斤雄黃酒。」

「啊？」

「聽不到嗎？我要一斤雄黃酒。」

「沒了沒了，早賣完了。」

「什麼？賣完？你這是什麼鋪啊。」

小青就覺街上的人都不正常，好像沒出門幾天，他們就不認得自己一樣。

回到房子，許仙也回家了。

「小姐，今日出門，路人都很奇怪。」

「有什麼奇怪？」

「賣菜的人不收我錢。」

「這有什麼好怪，是好事啊。」白素貞還取笑小青。

「不，總之就奇怪。」

「小青，你才奇怪呢，別人說不定對你有意思。」許仙調侃。

「還有，我竟買不到雄黃酒。」

「不要緊，上年還餘下一醒，明天喝吧。」

「上年有剩的嗎？」白素貞疑惑。

「有啊，娘子你記性真是差了。」

小青硬是感到一種不安，可是又無事發生，她唯有不多說什麼。

一早起來，許仙就吩咐小青做菜，他好像很著緊這個客人。

到中午時刻，太陽很辣，小青最討厭太陽。

有人敲門。

「客人來了，小青去開門吧。」

「好。」都不知是誰怎麼重要。

一開門，小青嚇著了。

「法海？」她不敢相信自己的眼睛

不只法海，他身後還有一眾杭州城的民眾。而法海手上還拿著一醒酒。小青迷迷糊糊，她以為，她的幻想成真了，他來提親。

她笑了。

「怎麼來了？急著想見我？」她還忙不迭挑逗他。

他也回笑。

「是啊，急著想看到你和你姐。」

「進來啊。」她拖著他進門，一絲沒有為意他動機，對著法海，她變得很愚笨。

「法海？」白素貞大驚，怎麼會又遇著他？

法海笑意盈盈，白素貞心也寒了。

「小青，放開他。」見小青拉著他，白素貞生氣得很。

小青只好縮手。

「娘子和大師早有認識？」

「只是見過一次。」

「大師說想和我談論一下醫術，可不知，為何帶如此多人來呢？」

「阿彌陀佛，許公子，貧僧今日來，最重要的目的，是除妖。」

「妖？」許仙大驚。

小青不語的看著法海，他一副運籌帷握，幻想果然只是徒然。

「對啊，許仙，法海說這兩姐妹都是蛇妖，你一直受她們所惑，今日端午，著我們來看他收妖。」一個人嚷道。

「不會的，我娘子不會是妖，她還有了身孕，怎麼可能？」

「許仙你先別慌，蛇最怕雄黃，若她們肯把這酒喝光，就一清二楚。」

小青心涼了，這個男人，一直都知道她的感情，可他完全沒有中計，對她，他不可能留手。她已經分不清，上次的事，是真是假。可無論如何，她不可以再活在上次的感覺中。

「不可以！我姐有了身孕，怎麼喝酒？你們和我們相處了一年多了，竟相信一個和尚的話而不信自己的心？你們的病能好，都是我們家救的，你們現在跑來看熱鬧？你們真下流。」

「清者自清，小青，若你不是妖，那你來喝啊。」

「小青，這酒裡一定不只雄黃，別上當。」白素貞阻止她。

「各位，這兒也有雄黃酒，你們可先聞聞，是不是？」

大家點頭後，白素貞打算把酒吞下，立刻給小青搶來灌了。

「不夠的話，這一醒我也乾了。」小青叫道。

她把法海手上的酒也搶來，一飲而盡。心碎了的女人連理智也失去了，她只知道，只要死忍不現形，然後趕走他們，白素貞就無事。

她把酒醒反轉，力証一滴不漏。

「你們滿意了沒？」小青瞪著法海。

大家靜默一會，不敢作聲。

「各位，我們不歡迎這位所謂的大師，也不想你們打擾我們，我家小青酒量不好，可遭大家相迫就範，現在我們安然無恙，你們就請回吧，端午節，大家難道不用陪家人？」

大家見無好戲看，萌生去意。

「各位，你們大可先回去，我法海一人做事一人當，出家人不說謊，你們別在大太陽下暴曬了，先回吧。」

大家慢慢退去時，法海也跟著離去。

「打擾了。」

「娘子，我都說了你們不是妖精，這臭和尚，我們趕明兒找他算帳，你別氣。」

白素貞臉也發白了。

「對不起，我想出去一下。」小青頭也不回跑了出門。

「小青她怎麼了？」白素貞和許仙對望，竟是淚眼矇矓。心中一陣不安湧上心頭。

一出了門，法海還在待著，小青看出屋子四周已給淋上雄黃和符水，法海是鐵了心要她們死。

「你別害我姐，她真是懷了孩子，已快成人了，你別傷害她。」

「你們這些妖術騙得了許仙，騙不了我。」

「你若敢傷害她，我不放過你。」

「放馬過來。」

強忍一口氣，小青取出青玉劍和法海相爭，天立刻變色，烏雲密佈。

二人對戰其實只是法海想迫小青現形的催命符，以她現在的情況，酒裡又下了藥，根本無法招架。

法海很快佔了上風壓住小青，她就算看來多麼可憐，於他眼中，只是一條毒蛇，他一捧打下去，小青已無力還手，除了吐血，蛇尾也被打到露了出來，掙扎時蛇尾不小心揮動碰到沾了符術的邊界，立刻劇痛難當，加重傷勢，眼看小青要一命嗚呼，法海又欲多揮一捧。

「停手。」白素貞衝了出來，看見重傷的小青，氣憤難當。

「法海，你還有慈悲之心嗎？我們只求能得道成人，你就是不肯，現在咬住我們不放，惡毒的是你。」

「妖孽，你們作惡多端，以為做一點好事就能贖罪？算了吧，今日我非收了你們不可！」

白素貞雖法力不如從前，可終究比小青強，和法海還能對上幾招，可也不見得有利，特別是肚中孩子受不起巨動。

見法海又想把捧打在白素貞肚上，小青立刻爬過去擋了，白素貞用劍刺向法海，小青又捉住她的手。

「姐，不要，我求你。」小青已滿口鮮血，氣虛力弱。

法海也怔住了。

「小青，你是不是瘋了？他是會殺了你的人啊。」白素貞喝斥她。

「青蛇！死到臨頭還在作怪，我才不用你去替我著想。」法海也在斥罵她。

小青無力地抬頭看了一眼法海，再看了眼白素貞，她不知道自己還有沒有機會看到這兩個人了，這兩個她生命中最重要的人。

小青沒有回話，只是向著白素貞搖了搖頭，要她別傷害法海。之後就癱軟在白素貞懷裡。

此時許仙忽然從屋子裡大叫，他看到眼前的境況，怕得快速的落跑。

「許仙！」白素貞大叫。

法海見許仙要跑，立刻追過去，妖是要除，可人也要渡，許仙身上的孽，法海也能計算到，他不可讓他落跑。見二妖已重傷，他未必需推波助瀾，怕也必死無疑，他也只好花心思追趕著許仙了。

法海和許仙也沒留一句話，餘下姐妹二人。

所有符咒都隨法海遠走而消失，天又下起大雨。

至少不如太陽催命，小青還能喘息。

「姐…別哭。」白素貞緊抱著奄奄一息的小青，哭的不可開交。

第九章

「小青，你為何不讓我殺法海？難道你還愛著他？」

「我恨他，可是我也愛他。」小青還在微笑著，她以為自己能狠下心，可她做不到。

白素貞把小青緊緊抱著，把自己的真氣先輸給她，護著她的命。

小青知道白素貞還是如此著緊她，雖已疲憊無力，可也勉強笑著。

白素貞把小青放在床上，她必須救回她。

「姐，你會去救許仙嗎？」小青怕白素貞偷偷自己去救他。

「當然會，不過不是現在，法海不會殺他的，你先顧好自己吧。」

可小青覺得她根本無藥可救了。

「其實…方才家裡的酒，也是有下藥的。」小青無力的說出真話，她不想白素貞再執迷下去。

「小青…我已回不去了，你以為我真的什麼都不知道嗎？我是沒以前聰明，可我還是有女人的直覺的，許仙的眼神，他身上的氣味，我都察覺。我雖無法親眼看見，可是我能看到他不敢再直視我，他身上有別的女人的氣息。可是…我跟自己說，只要他肯回來，我就夠了，我還能見他，還能和他一起，我還是許夫人，我也夠了。」

小青無力的笑了，她們都聰明，可她們都為情而笨。

「可他下藥試我們，他不相信我們。」

白素貞心也抽了一下。

「你知道嗎？當你衝了出去，我看著他對我說相信我，可他明明下藥試我們，我真的很心寒，我望著眼前這個男人，我很累，可我還愛他，我覺得自己真的很笨，可又能怎樣呢？孩子也有了，難不成殺了他？我做不到，就如同你無法對法海下手一樣。我只好弄暈他，出來救你，可沒想到他又醒了，現在還跑了。」

小青終於明白了，就算明知他背叛了自己，可也不會對心愛男人狠得下心，是女人的溫柔，是女人的自負。

「姐，法海一定有教他怎樣避開我們的妖術，他只是裝暈。我們都聰明，可我們都笨。」

「他們早有計劃試我們，只是我們都不知道。」

「難怪那天城裡的人很奇怪，都看著我說些有的沒的。」

二人竟也苦笑起來，她們以為最寫意的幾天，竟是最危險的幾天。

法海第一天已和許仙說明他府上有妖，給了他一鏡子回去照妖，也警告他別把他的出現說給任何人聽。許仙半信半疑，可趁白素貞睡著，果然照出蛇樣，立刻大驚。第二天，法海又到藥莊，許仙立刻向他求救，於是二人就想出計謀迫她們露出真身。整個城裡的人都知道，只有她們被蒙在鼓裡，所有人鋪家囤積雄黃酒，就為法海佈陣，大家想起自己因蛇妖的藥康復，也覺噁心，紛紛希望法海能替天行道。

人心難測，兩姐妹也不能全知，就算是人，也不能完全了解人的心，她們來到人間，也不過一年。

可一年，到頭來，現在還是她們二妖在相依為命，或許一直都只是這樣。

「小青，我現在出去找方法治好你，你支持住。」

雖說受了重傷，可小青靠著白素貞的真氣，也能撐個三四天。不過，她已經不能動彈，只能在床上等待。

「姐，我不會有事的，我要和你一起去救許仙嘛。」小青現在唯一撐下去的信念就是希望白素貞能把許仙救回來，她的孩子能平安出生，一家人回到最初的簡單和快樂。而自己的快樂，已經杳然無蹤了。

白素貞其實沒有把握，可為了小青，她也要努力去找，望有高人肯治一隻妖精的傷。

「等我。」

「你要小心。」

白素貞在杭州城走著，大家看到她都驚慌，可除了不和她交集，他們沒有敢衝過去挑釁她，曾經是一張張熟悉親切的臉，現在只餘下陌生和冷漠。

人的關係，可以脆弱如此。

可她不打算恨他們，就算當初她付出自己的修行去救回他們的性命，他們都無動於衷，她也不恨。只怪自己是妖精。

可也得找到人醫好小青啊，她流連著，幾天幾夜，眼睛都紅了。

她坐著，忽然有一個小男孩來到她身邊。

「白姐姐，娘親叫我把這個給你。」

「這是什麼啊？」

「是藥丸，娘說這能幫你。」

「你娘在哪兒？」

「她…她說她不能見你。」

「她怕了我嗎？」

「娘說你的藥救了我們全家，現在你們有難，我們要懂得報恩。可現在全部的人都不敢和你們來往，娘也怕，可她說我一個小孩，相信你不會傷害我。」

「我明白的，可以問你叫什麼名字嗎？」

「我姓陳，叫知恩。」

「謝謝你，也替我謝謝你娘。」

「好的，我走了。」

白素貞看著這藥丸和小男孩的身影，心裡百感交集。

第十章

「小青，快，把這吃了。」白素貞回到屋子，連忙叫小青吃下藥丸，她知道這藥丸必定有用。

「姐，這會不會有詐？誰會在這時刻救我們呢？」小青不明為何白素貞如此快就找到解藥。

「有個小男孩把這藥給我，一開始我還半信半疑，不過，當我握著這藥丸，我能感覺它是用妖精的法力煉的，而且這妖精的修行必定比我們高很多，能壓抑妖氣不讓許仙發現。我猜也許她和我一樣，喜歡上一個男人，甘願為他生兒育女，經歷生老病死，當她兒子患上瘟疫時，遇上我們出手，以法力入藥，知道我們姐妹必同是妖。於是到現在知道我們有了危險，便用餘下渾厚的內力煉製此藥。我猜，生了一個六歲的兒子，還有能力煉藥，她至少有三四千年的修行啊。」

「原來在城裡還有同路人。」小青也驚訝。

「能得到她的幫助是我們的福氣吧，可她不肯見我們，可能不想她相公誤會自己。不過，也不要緊。只要你能康復就好。」

「姐，你必定很希望能做到如她一樣吧。」

「我方才坐在街上想了很久，這個女子怕也等了幾千年才遇到一個令她醉生夢死的人，想必看著自己的兒子如此乖巧，比長生不死更值得吧。我也只是有這樣的願望，等孩子出生，讓他成為我的驕傲。」

「你一定能做到的。」

「對了，吃了藥，感覺好點了嗎？」

「好很多了。」

「等你完全復原，我們就去找法海吧。」

白素貞此刻有著無比堅定的勇氣，她要守護她的家人，這是一隻獨來獨往的妖精不能擁有的，而她雖然迷惑過，生氣過，可為了愛，為了他們的孩子，她可以原諒許仙的一時放任。

她看著許仙送她的畫，盼望著，團圓的一刻。

試問一個書生怎和一個高僧鬥快？許仙很快給法海捉回去金山寺，還迫他剃度。許仙只覺無奈，千不願萬不願成了個光頭。還得天天唸經。

「你別以為自己可以置身事外，要不是你受慾念迷惑，也不會惹到妖精上門。一介書生，飽讀詩書，卻也是個貪生怕死之徒。」

許仙經常打瞌睡又不誠心唸經，令法海看不過眼。

第十章

「你憑什麼說我？你懂什麼是愛嗎？你滿口仁義道德，不也是為了除妖，百般手段也使得出？」

「我只想導人向善，我對妖精殘忍，可從不對人殘忍。」

「呸，妖和人的分別，只有你才如此執著。」

「你就算再說下去，也沒有人能救你，你看你的娘子和那青蛇，有來過找你嗎？」

「我娘子一定會來找我的，你別得戚。你打傷了小青，她怎麼也會救了她再來的。」

「我們走著瞧。她們過得了來，我不介意再和她們一戰。」

「如果她們來救我，你是不是會放我走？」

「當然不會，除非她們打敗我。」

許仙只是個貪生怕死的俗人，他不和法海吵下去，不過想留一口氣求佛，讓那兩個女妖可以快點來救他，至於她們的安危，其實他不太過在乎。本在他還有個掛念，就是白素貞和他的孩子，不過他現在甚至疑惑，到底白素貞肚子裡的孩子，是否一個正常的人？若是一個半人半妖，他情願不要。

在寺內日子難過，可反而讓他的心有機會平靜下來，回想過往的日子。那個曾經許下的諾言，原來早已拋諸腦後。

許仙忽然懂得懺悔。

醉生夢死都是雲煙，真正的愛不會變，他希望自己留得住她。

得另一隻有情妖幫助，小青又順利渡過此難，小青到現在還是覺得，有情者不只有人，無情者不只有妖。

「小青，你臉色好了很多，怕傷勢已復原得七七八八了。」

「嗯，姐，我們現在就去金山寺，你肚子越來越大，再待下去，怕此消彼長，我們合起來的力量不是最大。」

「好吧，你確定你身體應付得了？」

「嗯，還有，姐，我感覺之前法海曾給我服過一顆藥丸，我本以為它只有助我之前傷勢的復原，沒想到在此時，它好像也發揮了作用。可能是我多疑，根本和他的藥無關，不過這樣想，我會好過一點。」

「小青，我想先和你說明白，我們此行的目的是救許仙，可若必須把法海除掉才可救許仙，我不會再放過他，你明白嗎？」

小青冷笑了一下。

「我當然知道，你一向對許仙一往情深，上山下海，在所不計。可我希望，若可以不用傷害法海，也就不要這樣做。至於其他能救得了許仙的方法，我一定會陪你完成，不論是什麼。」

小青為法海軟弱的乞求，可這也是最後一次。

二人坐著由妖術所變的青，白二蛇，向著金山寺出發，金山寺在山頂，四面環海，對二妖進攻有利。

不用幾天，她們就到了金山寺附近。

法海嚴陣以待，拿著代表住持的金色法杖和身穿金色袈裟，寺內早已召喚十八銅人像護寺，而他則站在山頂觀看二妖前進的速度。

他訝異於二妖的氣息又回復平常，甚至還有比之前對戰時更大的氣勢。沒想到二妖竟可找到方法恢復體力，而且白素貞懷著孩子法力也無大幅度的削弱，可無論怎樣，今天她們又送上門來，自己又有許仙做人質，已再無畏懼要容讓她們了。

「法海，今日我們送上門來，只有一個目的，就是要你放了許仙。」白素貞百里傳音，仰望著在山頂的他。

「你們別說廢話了，許仙我不會放，你們也別想逃脫。」

「我當然知道你沒這麼容易放過許仙，來吧，今日我們姐妹合力，必要救出許仙。」妖音傳入寺內，許仙聽見她們終於來了，十分雀躍，可卻被法海吩咐的十八銅人陣圍著，不可動彈。而大殿的和尚也開始唸起經來。

二妖知道和法海硬拼必定無益，於是挑動水底的波瀾和向天招來烏雲，準備水淹金山寺。

二妖同時發功，先向天施法，惹來暴雨，再向海面施法，湧起大浪，兩方同時聚集驚人的水量，再集中洪水向金山寺方向奔去。

法海立刻用法杖駕起金光擋住洪水。

僵持之際，小青衝往法海，青玉劍和主人心神一致，劍氣凌厲，法海心神稍有閃失。回想起受到迷惑的一天，劍立刻得以刺破了金光的一個洞，洪水得到空間湧入，而白素貞趁機闖進去找許仙。本來他是最堅強的盾，可因為他是人，他也可以是最脆弱的盾。

法海見洪水湧入，白素貞又偷走進去，立刻打算追進去。可小青以青玉劍擋住了他的去路。

「讓開！」

「在姐姐還未救出許仙前，我不會退讓。」

二人交戰，在沒有雄黃酒的影響下，明顯小青沒有上次吃力，還能拖住時間。雖自知無法有優勢，可總也得撐到白素貞救回夫君為止，到時她這條賤命，死在法海手下，也無悔了。

她嘴角帶笑，遭法海一掌打到掉回大浪中。

法海追擊，也跳進水中。

洪水來勢洶洶，金山寺快速沒頂，內裡所有的門都給洪水衝開。白素貞順著水流竄進去大殿。所有金山寺的和尚都在這裡，許仙也會在這裡。

正中端坐一佛像，白素貞第一次見如此巨型的如來佛像，竟心生敬意。

見全寺的和尚全無懼色，大概也猜到蛇妖能做的本事了。水不停湧進，可他們有的依然雙手合十，盤坐唸經，有的在擊打木魚，有個在打巨型的法鼓，也有人敲洪鐘，反正像做一場法事，各安本份，就算洪水衝擊，也無分別。

白素貞猜他一定在其中，她能隱約感到他的氣息，可他們不知在唸什麼經，把五蘊都堵住一樣，許仙的氣味也變得虛幻，自己的法力也變得微弱。

她急了，開始用分身術逐個逐個找，幾百個和尚，又無氣味追遡，只餘視覺，怎麼才找得到？小青在外頭又不知是否還撐得住，白素貞氣急敗壞。

終於找到他在十八銅人陣中央，她手持白玉劍把他們中間的連繫斬開，許仙終於和她相見，而整個大殿湧出一道金光。

她彷如得到莫大勇氣，在水中和十八銅人奮戰。

許仙見自己手腳已能動，心生一計，趁十八銅人和白蛇對戰時游出去，可他不諳水性，游得不靈活。

十八銅人陣為整個法陣的中心，現在十八個銅人忙於和白蛇對戰，法陣露出破碇，各個和尚沒了護體，紛紛受洪水攻擊，一片混亂。

為求能快點完戰，而她也看得出整間大殿的佛力來自於正中的佛像，於是她口吐白煙，遮礙他們的視線，然後用白玉劍劈開佛像，雖無力整個砍開一半，可足以令十八銅人變回銅像。

青玉、白玉二劍是有情之物，主人的心智越強，能力越高，本為一對行走江湖的有情人所鑄，可遭無情的社會欺負壓迫，只好殉情而死，和劍一起在西湖投河，化身守護二劍的魂。而二劍則被白蛇所拾，後青玉劍送了給小青護身。二劍平生最恨無情蒼天和無情的人，當此念能和青白二蛇接通，所能達到的力量，足以和天神抵抗，就別論區區十八銅人陣和法海的金光。

小青至水中站起，再一次和法海對視，如同當天的畫面，悠悠水中佳人，和絕情冷淡的高僧。

「你的十八銅人陣破了，我能感到一個又一個生命的逝去，看你為了一個許仙，整個寺的人陪你送命，真是罪孽深重。」她冷笑著。

法海意識二妖的劍真是不同凡響，竟可有如此大的威力，忙不迭趕回去救援，可寺內大多數人已一命嗚呼，十八銅像因失去佛力仗持，也了無作用，整間寺變成了亂葬崗。而最驚人的是最重要的佛像遭破壞，如同壞了整個寺的命根兒。一念之差，他就害了整間寺。

法海立刻把還未斷氣的人拉上水面，放在安全的地方。

白素貞拖著許仙上水，終可救得夫君，二人相擁。不料法海怒不可遏，竟分開二人，

第十章

逕自拉走許仙往別座大山去。

「可惡的蛇妖，有寶劍相助，得以囂張拔扈！今日水淹金山寺一事，我們得有個了斷。我還活著，你們也別想救回許仙。」

二蛇連忙追去，現在二妖氣勢和劍連在一起，銳不可當，法海也不佔上風，當他擱下許仙時和二蛇交戰，小青洞悉這窩囊的男人又想趁機逃走，於是和白素貞說好。

「我去追回許仙，你的法力較強，可以頂得住法海。」

「好，得保護許仙。」

小青跑上山，叫著許仙的名字。

「王八蛋許仙，你又不會武功，這座山四面都是海，你以為能不靠我們就走得了嗎？」

許仙見無路可退，只好停著。

為求生，他乞尾求憐。

「我的好小青，你快帶我離開這，你姐很快會會合我們的，我們先走，好嗎？」

「我呸，你以為我會像你一樣丟下姐姐不理嗎？要走也要等她一起走，我得把你綁住。」小青吐出青絲，把許仙緊緊綑住。

「看你往哪兒走？」

「啊，我是前世做了什麼孽？今世又招來妖精又招來和尚，死纏著我不放，真是倒霉！」許仙惱羞成怒。

「你說什麼？你以為我想認識你？臭書生，我姐對你一往情深，你真是狼心狗肺！」

「你們這些妖精，要男人不過為了吸精，我肯要你們，是你們幸運啊。」

小青一巴打下去，真是賤人一個。

「你知不知道你在說什麼？我們是妖精又怎樣？我們比你們有情，我們敢愛，不像你們諸多麻煩，我們愛了就全心全意，不像你們一心多意。你也許是姐姐的前世情人，救她一命，可今世的你絕不值她為你喪命。」

「什麼前世今生，別這麼多廢話。要不你現在殺了我，要不你就放了我。以你姐這麼愛我，哼，你若殺了我，我倒想知道你們怎麼反目成仇，我就算下了地獄也會保佑你們不得好死！」

小青拿起青玉劍指向他。

「你真這麼想死？」

許仙忽然勇敢起來，不再怯死。

「你敢殺就殺，死到臨頭我也不怕說了。我本有一嬌妻，才貌俱佳，可就是出身不夠好，我才一直沒把她娶進門，為了巴結你們的錢財和美色，我才把她趕走的，所以白素貞充其量是個小三。誰知，你們所有的東西都是假的，我呸，真是活見鬼了，要是這樣，我

第十章

才不招惹你們，和我的嬌妻過日子算了。」

什麼？小青不敢相信許仙的話，她只聽聞白素貞說許仙有個姐姐，可未聽過他已娶妻，不，不會的，白素貞怎會是第三者呢？這太不能接受了。

「許仙，你說什麼謊？我姐不會是第三者的。」

「都要死的人會說什麼謊呢？我騙你又不會死的痛快一點。」

小青無法理解，原來由始至終，許仙都在騙她們，這讓白素貞聽到，一定會崩潰，她容不下他的心原來早有別人，更容不下，他不是最愛她。

「我問你，就算你曾經有個女人，可你最愛的，一定是我姐，對不對？」

許仙大笑了起來。

「女人就是沒志氣，竟在意這些。坦白說，這問題我一直沒好好想過，多得法海捉我來這，迫我安靜下來，我才有時間思索這個問題。對，我承認我縱情聲色，可我對那些女人是完全不上心的，上心的只有她和你姐姐。可我在想，我愛誰多一點呢？像是迴光反照，我把過去都讀一遍，沒錯，男人是愛美色，可美色不持久的啊，你姐是很美，比她還美，可是，我最愛的，或許說愛過的，不是你姐，而是她。在和她一起的日子裡，除了遇到你姐時迷失了，其實我從沒想過找別人。原來我是很樂於見到她慢慢變老，慢慢變醜，可當我意識到你姐變老時，我是接受不了的。你明白嗎？若是這樣，我對她的才叫愛，對你姐的，只是慾。我很後悔放了她走，我想跟她說對不起。我想對她說我愛她。」

小青字字聽在耳中，她的心糾著痛著，一切都是錯愛，白素貞不該愛上他。或許在杭州城走久一點，她可以遇上別人。可所有事都發生了，回不了頭。

許仙錯了，白素貞錯了，小青也錯了。

「我再問你一次，你有沒有愛過姐姐？」

許仙前所未有的肯定，他在這種時刻，終於分得清了。

「沒有。」

話未落畢，小青一劍刺進他心臟。許仙也沒有什麼好說了，他該死，可他在死之前還有機會懺悔。

白素貞和法海一邊打，一邊往山上跑，眼前突出現這幕。

許仙滿口鮮血，許仙死了，小青殺了許仙。

「許仙！」白素貞嘶吼著，她聰明，她會扮蠢，可此刻，她真的什麼都不知道了，眼前這幕讓她失去理智。

法海也怔住了。

白素貞跑去抱住已無呼吸的許仙，眼淚比方才的洪水還洶湧。

小青依然木無表情，手一直握住劍柄，青玉劍在負情的人心頭絞動，榨出鮮血，像是為許仙心頭想著的人落下血淚，人死了，可血不止。

第十章

「青蛇，你在幹什麼？」法海怒吼。

白素貞無力的也問了一句：「你為什麼要殺他？」

小青不打算回話，回話有用嗎？他們會信嗎？小青不忍再做出任何傷害白素貞的事，她可以怪她，可她不會允許許仙把方才的話親口說給白素貞聽。這是她為了守護白素貞的心唯一能做的，至少對白素貞來說，她愛的人，由始至終，都是值得愛的。

白素貞是一個不懂恨的女人，唯一能讓她懂的，是徹底的背叛。

小青慢慢把劍抽出，轉向法海。

「法海大師，你一定很生氣吧，生氣就殺了我吧。」小青失笑。

「不要！」白素貞激動著，她禁不起同時失去兩個她愛的人，她不明白小青為何這樣做，可她也不要小青話也不說的走掉。

「你不來，我就來殺你了。」

法海覺得她無藥可救，只好和她開戰。

小青一直面無表情的應對，她沒刻意要去輸。

她一直用力打，想發泄心中的鬱悶和痛苦。

到最終，她的青玉劍和法海的法杖互相指向對方的心，青玉情氣短，不及法杖能直達小青的心，只需多一步，法海就可除掉小青。

小青忽然笑了，這顆她指著的心，有為她跳過嗎？根本由始至終，他的心只想著如何除掉自己而已。

她恨許仙的負情，恨白素貞的痴情，也恨法海的絕情，可她唯一的愛歸根在法海上，如同落花掉在無情的流水上，只得任其擺佈。流水最後只想把落花沖走，他不允許自己身上有任何落花飄過的痕跡。

她不會殺他，可她累了，她也不想愛他了。人世間太多的煩惱來自於愛情，而因此造成的傷害都在所難免。

她把青玉劍放下，走近一步，她的心跳隨著和法杖的觸碰傳到法海的手心，一下一下，把千言萬語都包在裡面。

「我叫你殺了我啊，聽不到嗎？我求你殺了我吧，這不是你一直想做的事嗎？我是妖，我只會害人，只會殺人。再活下去也只是個禍根，你要替天行道啊，法海大師。」小青對著法海喊道，她終於會哭了，眼淚不多不少，一滴落在他的法杖上。

她一直想學會哭，可原來對她來說，哭是如此絕望的表現。

法海不懂得回應，她就只是要他殺了自己。

可當她終於肯讓他殺時，他竟猶豫起來。

他手中的法杖再一次失去效力。

在這個關頭，白素貞發出了悲鳴，孩子要出世了。

「小青！」白素貞痛苦的叫著。

第十章

小青顧不得什麼，立刻衝去抱著她。

「別怕，姐，別怕。」

白素貞緊握著小青，面容扭作一團。

法海也手足無措，妖精真的要產子了。

「小青，你帶著她回金山寺，那兒雖亂，可有水有床，總不太狼狽。」

他竟喚她小青，可此刻，她不在乎了。

他是人，對於另一個人的出生，他還有情。

白素貞強忍著劇痛，到了金山寺的內堂，她不久前大肆破壞的地方。她的孩子要在這裡出生，是緣。

「你不會打算在這兒看吧？」小青不想法海死盯著她們看。

對於接生，法海留有陰影，於是他轉身也離開了。

「姐，出力一點，孩子快出來了。」

小青也不是熟手，可沒有辦法啊，在這時候，只能叫白素貞出力，見她痛到不停慘叫，小青看到自己滿佈血腥的雙手，若有所思。

白素貞覺得自己的下半身像被強行撕裂了一樣，肚子裡的小生命迫不及待找地方鑽出來。這種痛是沒有親身經歷過的人無法明白的，而這樣的痛，也讓白素貞銳變成女人的重要一步。

終於，經過白素貞不斷的努力和小青的鼓勵，一個小男孩出生了。

嬰兒哇哇落地，哭聲響亮，難得死去，以為能脫離塵世苦痛，可還未償還完自身業障，又得輪迴，一接觸世界又覺悲涼，不禁哭了起來，什麼前世記憶都遺忘，哭只是最真實的反應。天也是公平的，前世的苦和樂，都不必要再記起了。

這個哭聲，也像是會整個惡鬥中死去的人哀嚎，撼動著活著的人。

法海雖無親眼目睹，但他也雙手合十，為新生孩子唸經祈福。

可聽見孩子的哭聲，白素貞本要昏死又再振作起來，和自己血脈相連的孩子出世了，她有種巨大的力量支撐著她。

小青看到佈滿血絲的小孩，感到很不可思議，她為她接生，完成她的願望。可同時，當她想到自己接生許仙的孩子，又感到這個孩子也流著許仙的血液時，就感覺惡心起來。她手執的，是生也是死。

「姐，這是你和他的孩子。」小青呢喃。

汗流滿臉又虛弱的白素貞見到孩子可愛的模樣，心都軟了，她並未忘記方才她最心愛的男人死了，還是給自己最愛的女人所殺，可眼前，一個小生命誕生，是一種補償嗎？

小青用白布抹乾他身上的血跡，把孩子交到白素貞手上。

白素貞感動不已，孩子的溫暖和柔軟，深深觸動她的心。她好像抱了她的餘生入懷，她崩潰的心，又再復合起來，孩子的溫柔是對碎裂的心最好的癒合。

「孩子。」白素貞輕聲的叫，她的眼淚靜靜而激動的流下，和孩子的大哭相比，是安靜而歷練的。

一顆被小孩撫摸的心撫摸著小孩不平靜的心，不可分離。

這一刻，好像，白素貞對真相的執著淡然了。

「小青，你不想說對嗎？」

小青知道她問什麼。

「對，我不會說，由得你我之間有著一件不可相通的事。其實在很久之前，我們已不再親密，不再相愛了。曾經我們二為一體，如今都不可能再重回當時的畫面。」

「小青，你還在意嗎？」

「不，我不再在意了，有什麼好在意的。姐，我恨你，你知道嗎？你知道什麼是恨嗎？也許你會恨我，我情願你恨我，可我知道，這孩子長大後，你可能已不會記得我是誰了。」

「小青。」

「你恨我嗎？」

「我很傷心，可我不恨你，我知道你有原因。」

小青冷笑，最後，她得不到她的愛和恨。

「姐，你為許仙受生育之苦，是因為他是五百年前為你受傷的書生，還是你真的愛他？」

「我愛他，我早已不在乎他前生是誰。」

「所以一切都值得？」

「值得。」

「你答應我最後一件事好嗎？」

白素貞不語，什麼叫最後？

「請你愛這個孩子多過許仙。」

小青站了起來，看著無力的白素貞。

感謝許仙，讓她對人絕望，對情絕望，或許，是讓她對自己絕望。

她把腰上的如意結除下，丟在地上，丟在白素貞身旁。

「我一直深怕失去你，一直心甘情願給困住，可當我能把這扔下，我希望我不用再說什麼了。若喜歡，送給這小孩，他值得受到祝福，至少是我這個阿姨的祝福。」

小青灑脫的轉身，不再說什麼，就是向前走著，

「小青。」白素貞叫著，她還不能理解。

她沒有回頭。

白素貞得接受，這會是永久的失去。

小青一直走著，往這間寺的出口走著，何等的平靜，也沒人要阻她。她想把這一段記憶記住，可終身不再翻閱。她走到盡處，看著已平復的海水，剛剛的洶湧早已消退。當到了一個頂點，沒有了動力，就會失沉。

人的感情，說什麼什麼曾經滄海難為水，肯放下的話，根本就是本來無一物，何來滄海，何來流水？

她跳進海，激起最後的浪花，逕自往別的陌生的方向游走，她把她所有的愛和恨留在金山寺，於是再沒有愛，再沒有恨。

白素貞抱著孩子，抽拉著，她曾經富足，可現在她接近一無所有，許仙沒了，小青沒了，她要把她曾經充裕的愛全無保留的給這個孩子，他盛載著她所有的愛。

法海走近，把孩子抱起來。

「白蛇，我知道你現在很難過，可因果有命，你要為你所做的負責，受到應得的果報，這孩子我不會傷害他，你得被壓在雷峰塔下十八年，到這孩子長大後親自來救續你，而你得在塔裡懺悔。」

「我還能反抗嗎？可請你好好對他，待我能和他團圓。」白素貞看著哭完熟睡的孩子，眼睛都是憐愛。

「可法海，我有問題問你。」

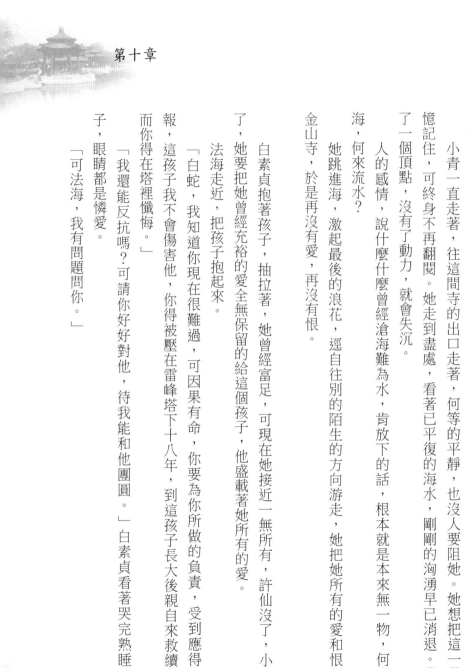

「什麼？」

「你是刻意放過小青的嗎？」

「我一直以為要渡過此劫，我必需除掉她。可現在我才明白，要渡過此劫，決定權不在我，現在，不是我放過她，而是她放過我了。」

白素貞從他的眼中，領略到什麼。

孩子給法海帶著，如意結裹在裡面，白素貞和孩子有著一天悠閒的相處，而之後當白素貞被關在雷峰塔下，孩子在塔壓下的一刻，又再放聲大哭了。

第十一章

十年後的蘇州城，有一間很受歡迎的綢緞鋪「青綢」，受歡迎的原因不在於貨品的質量，而是老闆娘不懂計算，經常找多了錢。

不知道蛇的數學是否特別差。

小青開這鋪不為錢，取其「綢緞」如「愁斷」，「青綢」如「清愁」。

「老闆娘，這布多少錢？」

「八兩銀子。」

「好的，給。」

「一、二、四⋯⋯」小青用心的數著。

「小青姐，別數了，我怎麼會騙你呢？我趕時間呢。」

「噢，對不起。」小青也不想再數，也就由她。

婦人拿著布匹，開心的走了。

「她只給了六兩。」一個年約四十中年婦人拖著女兒來了，她的丈夫一如既往，在門外等著。她是這兒的熟客，也是少數不會騙小青的顧客。

「凌霜，你來了。哈，你看，我又算錯了。來到這裡都十年了，什麼都學懂，就是算計學不會。」

「學不懂也好，至少能看見誰是真心，誰是假意。有心騙你的，你也防不了，真心待你好的，走也走不掉。」凌霜回道。

「也是，對了，小霜和又來選布做新衣了對吧？」

「是啊，初夏快到，想替她做一些新衣服，來，快叫小青阿姨。」

小女孩像娘親，有著一雙大大的眼睛和酒窩，笑得很甜。

小青挺喜歡這女孩，總覺她討喜，又和她娘一樣的善良。

「霜和好幸福哦，娘親常替你做新衣。」

「小孩大得快，沒法子。」

凌霜選了幾匹鮮艷的布料，結了帳，小青很是放心，凌霜只會給多，不會給少。

「你為何不請個夥計來幫忙？」

「我閒著沒事，才找些事做，我不等錢用，少了多了也一樣，死不去。」

「你過得好，沒人可以左右你的生活方式。」

「凌霜，你手上的佛珠是泰和送的？」

小青其實一直想問，可不知為何問不出口，現在終於問了。

「噢，不是，是一個故友送的，一直戴著，也不捨得脫掉。」

「你有愛過別人吧？」小青好奇。

「有啊，很難第一眼就遇到對的人，那些都是幸運的人。不過有時經歷過錯的，才明白什麼是對的。能錯過的人都是錯的人，真愛若來了，是怎也走不掉的。這是我的信念。」

小青點頭。

「我先走了，趕明兒，我弄好霜和的新衣，再來看看你。對了，端午很快就到了，你又會去別的地方過嗎？還是今年肯應約，來我家作客？」

「不了，真不好意思，常辜負你好意，可我端午愛在別處過。」

「好吧，遲點見。」

「遲點見。」

小青看著凌霜一家和睦共處，樂也融融，相信是她在人間見到最大的幸福。雖然她在男子身上感覺不到一絲精氣，可她相信他能給心愛人的愛和守護，可能是一些真正的男子一世也無法給的。

真愛，從不在於是不是一男一女，或者是不是門當戶對。

可小青相信人間必有真愛，可真愛已不會再在她身上發生，有時，目睹幸福的發生，感覺很真實，可你會意識到，它只是一片在你人生路過的美好風景，你無法為它停留，它也無法為你停留。

來到了蘇州，小青除了開鋪，還學會更多字，而在端午節前後，她喜歡抄寫詩詞和佛經，雖然她不全懂，可是學會寫字，她感覺愉快，日子也好像輕鬆一些。

這天，她在街上走著，路經一個買書的攤子，她停了下來，目光停留許久。

「小姐，買不買？」

「買。」小青果斷起來。

她看中了一篇未抄過的佛經。

她掏出銅錢。

「多少錢？」

「十文錢。」

十個。小青反覆的數著，一、二、三、六、八⋯⋯啊，不對不對，數錯了。她又再數一遍，一、二、三、四、五、六、七、八、九⋯⋯十，啊，這次應該對了吧。

小販看得不耐煩，數個銅錢也怎麼慢。

「來，給。」小青得意自己算對了。

小販看了一下，對，十個。

「謝謝惠顧。」心裡暗忖小青不知是不是白痴。

小青把佛經放在籃裡，繼續走著。

忽然，迎面而至有一個熟悉的身影，小青以為是幻覺，不加理會，二人擦身而過。

第十一章

可小青和這人都在幾步後停足了。

他的氣味，她的氣味。

小青不會回頭，雖然她知道錯不了。

十年，她以為她早已忘記，他的樣子，他的身高，他的體形，他的絕情。

可殘酷的是，一個相遇，回憶好像迫著在眼前重走一遍。

小青緊握住藤籃。

他把法杖豎在地上，停下腳步，這十年，他從未忘記。

他回過頭去，看著她的背影。

她決定了的事，不會回頭。

她深吸一口氣，若無其事，走下去。

天生是蛇，學了走路不過比一個十歲小孩花多一點的時間，走路還是有著她搖擺的特質。

他看在眼中，這不是第一次他這樣目送她。

小青離開金山寺的一段路，法海一直目送著她離去。

從來都是她痴痴的目送著他，眷戀著，不捨著，由得自己越陷越深，她不期待他會回頭，雖然她希望他能這樣做。

記得當時看著她沒入水去，法海還停在寺頂看了一段時間才肯回去。

他突然覺悟，過往種種，老師傅的話，能持和青兒，白蛇和許仙，善念等等，他似乎有所領會了。

他望著遠方的夕陽，雙手合十，默念一句：阿彌陀佛。

這次，和那次一樣，她堅定的心如同她的背影，他都知道，他能感受到。

小青漸漸沒入人群不見，沒有回頭，他的眼神依然駐足在遠方的那點好一段時間，就算她消散在眼裡，不代表她消散在心裡。

十年了，他終於找到了她，她再一次以背影給了他一個答案。

（完）

舞月光

「旋族」是最早歸順的民族之一，以出色舞技聞名。

舞月光

第一章

這故事發生在遙遠的文明，在東方的邊界，繁華的將近腐朽的一個國度—伊國。國土周邊是不同的少數民族，其中有已歸順的，也有還未歸順的。

「旋族」是最早歸順的民族之一，以出色舞技聞名，其中以快速優美的旋轉而得名，族中女子比男子值錢，因為漂亮而舞技出色的未婚女子會得宮廷傳召作御前演出，得聖上歡心者，就能成為後宮，享盡榮寵，連帶全族得享富貴。若聖上不喜歡，只能作個無名份的女眷，待有機會再得賜婚，嫁予其他臣子作妾侍。可由於不是貴族出身，旋族一直遭傳統貴族唾棄歧視，多數進宮者只能做到貴妃，無論多得寵幸，但也無法封后，所生後代也無法登基。

為免同族女子於宮中相爭，族長和宮廷奉行一個政策，每十年才傳召族內女子一次，而且進宮者必須先經過舞祭大典的比賽，讓其得到同族人的認同才可入宮，因此，進宮者是獨一無二，也是同期族內最為優秀的女子。

一直以來，這般政策，風平浪靜。

今年是聖上伊順，即順王登基十年，全族又在忙於籌備十年一次的舞祭大典，當今聖上三十二歲才登基，只怪老爹長命百歲，讓他一直只能當個儲君，一直以來也無愁無慮，

第一章

腦子荒廢了三十二年了，對正經事也無所興趣，一心尋樂。

正室在他正式登基前已經逝世，也無子嗣，現在有一個皇后和一個貴妃，全都出身於傳統貴族，皇后凰出身鳳族，全名鳳凰，比他小十二年，藍貴妃出身藍金族，小名寶兒，比他小十五年，當初聖上登基時送進宮的旋族姑娘叫旋星，一進宮就封為妃子，寵絕後宮，可是進宮不夠兩年就因小產而去世，害得族裡有八年時間得不到宮中眷顧，盛傳是皇后善妒，不滿她懷有龍種，有所加害。

於是今次終又等到聖上的十年登基大典，全族都拭目以待，望新的姑娘能重得聖上喜愛，以及為族人帶來好處。

今年希望進宮的女子共有三位，一為旋星的堂妹旋月，一為族長的姪女旋蘭，最後一位是旋雪。三人都被公認為族內最美以及舞技最好的三個，其中以旋月和旋蘭呼聲最高，因為除了舞技，還有利害關係。從來，一群人的興起，成也權力，敗也權力。族長和旋月的父親旋駿也是世世代代相爭的兩派，大多數進宮的女子，都是自他們家兩派出身。

為了彌補堂姐旋星的位置也為了面子，旋月一家人都想能再贏寶座，旋星是旋族怎麼多年來第一個熬不過十年的後宮，說實在也真的是頗為羞家，皇宮女人多，所以爭風吃醋在所難免，旋族的女人也自然有所防範，進宮前都要清楚如何和後宮的女子角力。旋星是個較溫柔善良的女子，可因天姿絕色，舞藝超卓，加上當時族長的小女兒旋荷學舞不精，只好作罷。沒想到旋星居然進宮不久就去世，著實令全族大失所望。

今次旋月可謂背著全家和全族的期望，她從小練舞，容貌和堂姐甚似，聰明機警，又比旋蘭得歡心，大家都希望她能勝出此項大典。

她不敢怠慢，一直都苦練而少作聲，因為熱愛跳舞，因為熱愛她的家族。明天就是大典的日子，比賽在晚上開始，她緊張地把握著最後時機拉筋。

「月兒。」旋月的娘親旋芷見女兒還在練，著實不忍。

「娘。」旋月目光還在盯著小腿，她不慣專注時分心。

「月兒，明天將是你的大日子，娘明白你不欲給人打擾，可來，讓娘看看你，娘不知道明天過後，有沒有這個機會了。」

旋月轉身望著娘親，她雙眼都已泛滿淚光，旋月比較像爹爹，個性堅忍。

「來，娘給你說些悄悄話。」

母女坐在石椅上談天，旋月小心的扶著右腳行動不便的娘親。

「你知不知道二十年前，我差一點，就給送進皇宮了。」

旋月很訝異，她從沒聽她娘提過。

「當時在比賽前我已和你爹相愛，情投意合，可族內的規矩，若大家都認同要選你，你就算不願，也得進宮，唉，這規矩至今都不知傷了多少對有情人。當時，我和你一樣大，才十八歲，可皇宮的皇上已八十多了，我一嫁進去等於活守寡。宮中還有個規定，國王死後，所有後宮都要殉葬或再許給別的王室，不得回娘家。這樣一來，我和你爹就等於天隔一方了，他不願，可我爹堅持讓我參加，說難得不用再給兩派壟斷局面，於是打算強行分開我們。」

「那最後怎麼樣？」

「你爹性子倔，大吵大鬧，最終在鬥舞時，我故意輸了，最終讓族長那派勝了。這一次，我同時激怒自己的爹和你爹這邊，可我能和你爹長廂廝守。按照族規，若故意讓賽，得讓人打斷一隻腿，從此不能再跳舞。所以現在我才弄成這樣，你爹傷心欲絕，責怪自己到如今。」

旋月不知母親原來也曾是舞祭大典的參賽者，更不知她原來為了爹有過這樣的犧牲。

「娘今天告訴你這不為什麼，只是娘想知道，你是否心甘情願的進宮？你爹的心態是希望為家族爭光，他根本少理自己女兒是否情願，他的心態早已由男子變為大男人。可娘是女人，娘明白女人的心思。我雖殘廢，可我從未後悔過為愛情作這樣的決定，有這樣的後果。你自小不愛說話，又少和男子交集，我只是想確認，你是否全無遺憾的進宮？我不想你和我一樣，也不想你進宮後會怨著我們。」

旋月一時之間失了焦，她望著眼前的母親，她從小呵護著自己，可自己竟曾因覺得自己娘親無法親自教自己跳舞而發脾氣，此刻，好像什麼都不重要了，她雙眼一濕，她只想抱著娘親。

「旋月，怎麼了？」

「娘，我有遺憾啊，我最大的遺憾是不能再照顧你和爹，若我真的進宮，我就再見不到你們。」

「喲，傻丫頭，嚇死娘了，還以為你有心上人。」

旋月抱著娘親拼命搖頭。

「我沒有心上人，我的心頭肉就是你和爹。」

旋芷安慰著旋月。

「沒事的，你能為族爭光，我和你爹就放心了。」

旋月不再練習，母女倆相擁整夜而眠。

第二天下午，大家開始準備舞祭大典的事宜，三位姑娘在各自的帳幕休息排練。旋月上好妝，在帳幕裡休息著，這天，很多的男人都變成了侍婢，他們什麼都不懂，只能做些粗活。好像在這天，女子才終於感到自己也是受重視的。

「吃點燒餅吧，別餓著。」一個戴著面具的人端著一大盤旋月最愛吃的燒餅，一開始旋月就給他嚇著。

「你…」

「我知道我很嚇人，可我無惡意的，這些燒餅都是我弄的，沒毒的，放心。」

旋月累了一個下午，沒吃過東西，看到燒餅，她也只好不理太多，吃了再算。

誰知這燒餅還真的很可口，旋月還多拿了幾塊吃著。

「謝謝你，這很好吃。」

男子點了點頭，擺下燒餅，就離開了。

時間過得很快，忙完一個下午，很快太陽就下了山，大典隨時開始。

旋月準備就緒，在祭祀完，比賽會分為兩部份：三人鬥舞和獨舞，第一回合會先淘汰一個，餘下二人再分別進行獨舞。

族長向天拜祭，希望天神舞神保佑祭典一切順利，旋族長久不衰。

今日為十五，月色姣好。

三位舞者站上舞台，戰鼓響起，鬥舞比的是技巧、節奏、野心，和應變，戰鼓和音樂隨時會變奏，舞者不曾排練，只靠臨場反應。

三人需在跳舞時和對方互相攻擊，而又要相互能避開，一來一去，還得維持姿勢優美和舞蹈技巧，若最先遭踢中或跌倒的人，會馬上遭淘汰。

隨著一開始的氣勢磅礡，三人先熱身後，就開始走在一起作一些合體的姿勢，表現出「先禮後兵」的姿態，隨著團體精神已顯，鼓聲開始加快，各人要開始伸展踢拉，務求在表現舞技同時，把對方擊倒。

三人不相伯仲，爭持難下，你來我去，是極具看頭的鬥舞，旋蘭一個劈腿，旋月立刻以彎腰回旋閃避，旋雪在做騰空一字馬時，旋月又在她胯下以一個轉身掠過，時間掌握得恰好，獲得不少掌聲。不久，當旋蘭意識到旋月比較難打敗時，就多番攻擊旋雪，而旋月又會救回她，最後，旋蘭趁旋月不為神，用腳一絆旋雪，她失去重心墮地，遭到淘汰。

台下雖對旋蘭勝之不武鼓躁，可規則已定，不會改變。

其後族人圍著營火共舞一曲，就到獨舞的時間。

旋蘭先行上台，族長世代的強項以下盤動作，腿功及旋轉等結合為主，而編曲和編舞都由族長包辦。

「各位，小女子接下來會以一曲《蘭花吟》為大家表演，希望大家喜歡。」

舞曲先柔後剛，似是一名失意女子的呢喃，先平靜抽泣，再激烈發泄，起承轉合，技巧細節，旋蘭都做到很好。

不可否認，她是一個很出色的舞者，可同時機心也很重。

之後，是旋月的獨舞。

「各位，小女子接下來要表演的曲目叫《舞月光》，是我娘親親自為我而作的曲子，也是由她親自編舞的。娘，一直我都不懂事，可接著的日子，我都不會再讓你傷心失望，我希望我能讓你和爹驕傲。」

旋月家以快旋，騰空和手部動作取勝，加上今日月亮大又圓，照在旋月月白色的舞衣，有著天仙般的美感。大家都沉醉在她的表演上，如同冷傲的月光照進了大家的心房，凝結了時間。

她跳完後，台下響起比旋蘭熱烈許多的掌聲，似乎大局已定。旋月衷心的鞠躬，感謝大家的厚愛。

忽然，一聲尖叫劃破夜空。

在後方，一個又一個的族人倒下，一群不知名的人士闖進來，台下立刻陷入一片混亂，突然一支箭射向台上，旋月驚慌不已，此時，下午出現過的面具人再次出現把她按下，可更多的箭正往台上飛去，二人立刻逃往台下。

「我要救我爹娘。」她大叫。

在混亂中，旋月看不見家人，大家都忙著逃走。

「你先走，我替你找你爹娘。」

「不，我現在就要找，我娘右腳走不動，我不能丟下她。」

旋月逕自衝往人堆找，她看見旋雪抱著她的愛人跪在地下，背部中箭，轉頭她又看到大人和小孩倒在地上，血流遍地。

她一邊哭著，一邊叫著，眼前一幕比一幕可怕，旋蘭為了她爹擋下一刀，族長接著又接了一刀，二人連聲音也發不出，就死了。

前一秒還活生生的人，下一秒竟已死掉。

面具人抱著她，替她擋下來襲的敵人，她終於找到爹娘。

「爹！娘！」她正想跑去，可旋駿已替旋芷捱了一劍，吐血而亡，旋月撕心裂肺，旋芷也緊抱著旋駿大哭。沒有血性的人沒有猶疑的再下一劍，旋芷立刻停止哭聲，血從她口中流出，她望見旋月還在大叫，她眼中還在流淚，可她已無法再回應了。

「娘！！」旋月叫得聲嘶力竭，可沒法要回任何人的性命。面具人摀住她的口拖著她離開。

「別出聲，現在你一定得活下來。」

全族人最擅長的只有跳舞，可不會功夫沒有什麼武器，面對突擊，全無還擊之力。

面具人一邊跑一邊打，旋月想，他該是整個族內最能打的吧，他雖身上受著傷，可他唯一在意的是不能讓旋月受傷。

二人總算衝出重圍，可後方有人洞悉他們逃脫，開始窮追著，面具人深明他們如此手狠的目的是滅族，更不能讓他們捉到旋月。

二人找到茫茫草原唯一的叢林，面具人把旋月放在林中深處。

「千萬別出聲，我現在出去引開他們。待安全後，你要快點跑走，我無法再保護你了，可你一定要活著。」

還未定下神的旋月聽著他又要離別的話，趕快捉住他的手，她不要再有人死。

「沒事的，你要乖，不要給人捉到。」他摸摸她的頭，著她聽話。

第一章

她拼命搖著頭，她說不出話來，可她不想他走。

他看見追兵逼近，連忙跑出去引開他們。

旋月聽見一輪打鬥和吵鬧聲，她從叢木的隙中看見他不停的掙扎，可最終他的頭給斬落，她最後能依靠的人也在她眼前斷魂。

她失聲痛哭，在之後的平靜中，她只能讓眼淚不停的流。

追兵見旋月不見，自當要找到她，她才是要除掉的主角。

她哭了一會兒，追兵開始步入叢林，拿著刀劍在找有沒有人躲著。

旋月似乎嗅到殺氣和血腥，上面沾的全是她族人的血，下一滴血，一定是自己。

當一把劍挑開她所躲的地方，劍峰直指著她心臟。

她無力地抬起頭，想望清這群無情冷血的賤人的真面目，至少，她死後也絕不會讓他們好過。

她和持劍的人直視，眼神散發出月光的冷漠，可眼角還晃著一顆淚。

「副首領，我們整班兄弟為了這個行動都饑渴了這麼久，這麼美的女人既然已是我們囊中物了，不如，先姦後殺吧。」

男人一聽，點頭同意。

旋月一聽，大驚，想現在此等境況，得咬舌自殺才能保住貞節，就算她死，也不可給這群大壞蛋沾污。

持劍男子見她有異動，立刻把衣物撕下塞住她的嘴，還點了她的穴，讓她動彈不得。旋月給識穿，眼神變得更狠。

「就猜到你想死。」他沉著氣，旋月凝住的淚珠頃刻落下。

「先帶她回營再說。」他語氣冷淡。

「是。」他手下就揹著她回到他們不知何時在旋族外幾里紮了的營地。

第二章

男子獨自把她抱進營中。

「你們先出去。」

「喲，段無慮副首領想先獨吃啊，行，一場兄弟，讓你！」大家本迫不及待，可見副首領搶先一步，基於尊卑，也得忍讓。

他叫段無慮。

旋月坐在蓆上，動彈不得，如坐針毯。

一群野獸，殘暴不仁。而她竟進入了他們的陣中，任由他們擺佈。

「你想我幫你解穴嗎？」

她全身唯一能控制的是眼淚，對著他們任何的問題，她只能哭。

對她來說，這個晚上，太可怕也太荒唐。

他又看到她一直流淚。女人就是如水。

「點頭就代表想，搖頭代表不想。」見她不回應，只懂哭，只好語氣變強硬。

旋月只好屈服，點一下頭。

「可你也要答應我，我替你解穴後你不能尋死。」

旋月不回應，只是望著他。

段無慮也不動。

無計可施，她只好點頭。

男人不喜歡拖拉，他俐落的替她解穴。

旋月攤坐在蓆上，舒展著身子，嘴還給綁著衣物撕下的爛布。

段無慮開始把身上的盔甲和外衣脫下，旋月見到這個情景，立刻意識到危險，這群野獸，她不能，絕對不能給他們任何一人沾污。忽爾，她眼角瞥到桌上一把短劍，於是趁他不為神，她立刻衝去拔出短劍，往自己腹部刺去，由於嘴裡還咬著爛布，她無法發聲，口中鮮血染紅了咬在嘴裡的衣物。

段無慮一驚，立馬捉住她，把她口中爛布取出，旋月掩住傷口，全身發抖，冒著冷汗，不消一會兒，就昏過去。

段無慮立刻替她療傷，幸好傷口不算深。

到第二天早上，將軍霍度回營，段無慮把他召進自己營內。

「這女的是怎麼了？」霍度見有一女子躺在段無慮的營裡。

「她是旋族本想送進宮的女子，我見她長到標緻，心想除掉可惜，於是想請將軍定奪。」

段無慮知道霍度好色，一見美女就心軟，他定會把她性命保住，也會防止別的手碰她。

霍度大笑起來。

「好好替她治療，這女的又長得好，又會跳舞，用途多的是。我先回去告訴皇后娘娘，所有旋族人已滅。」

段無慮陪笑。

「將軍英明。」

「她睡了你這兒，這幾天你睡在哪？」

「噢，我睡營外。」

「哈哈，辛苦了。別讓其他人弄她，我要她能精精神神的再見我。明天我又要去跟玉族議和，她要在我回來前恢復起來，然後好好的表現。」

說的表現，就是讓他在邀請別族來訪軍營時好好的給他增面子。

「手下領命。」

霍度拍拍他的肩，暗示他做的出色。

段無慮手下紛紛細語，原來想邀功，可惜了一個美女子，又得落入老色鬼手上。

不久，旋月醒來，傷口還很痛，可更痛的是，她想死，死不了。

「醒了？」又是他。

旋月緊張的捉緊被子，在昏迷的過程中，她會不會已經給污辱了？

見她的反應，他哭笑不得。

「你別慌，沒有人碰過你，除了我。」

旋月眼睛瞪大，不可置信，什麼意思？

他詭異的笑。

「整個軍營都是男的，所以只好我替你包紮了。」

她還是在擔心他到底有什麼企圖？

「為什麼不讓我死？」

他把她扶起。

「你真的想就這樣死去？你是旋族唯一留下的活口，若你也死了，旋族也就沒了。」

「你的任務不就是要滅掉我們嗎？為何要留我？」

他一時接不上話。

二人靜默對視。

「反正命也留了，你難道不想為族人報仇？」

「報仇？我怎麼殺得了你們？」

「你當然不能這樣做，可是，你可以一步一步接近我們的將軍霍度，他為人好色，若他看上你，你就能做她小妾，享受榮華富貴。他很快自別族議和回來，到時你就可以表演舞蹈給他們看，不但添面子，還能吸引他。而這還不夠，你可以因此接近聖上，然後把你真正的眼中釘除掉。這樣，你才叫真正為族人報了仇。」

旋月很是疑惑，明明他有份殺害自己的族人，可現在又教她報仇，這是什麼葫蘆賣什麼藥呢？

她沒有回應。

「你想清楚，既然上天不許你死，你就得好好生存下去。」

她忽然靈機一動。

「我知道了，你這樣說服我，其實你想利用我，替你對付你想除掉的人，現在留住我的命說服我，然後事成之後獨善其身，對吧？美人計，是不是？」她認真起來。

他不想解釋，只好順水推舟。

「你就當是吧。」

「什麼叫我當是吧？現在是不是我和你合作，你就會保護我？不讓別的人傷害我？你是不是會幫我？」她希望能至少找到一個肯保護自己的人，雖然她知道他只是想利用自己，可起碼在利用價值消失之前，他肯保護她。

「是，你可以這樣說。」他只好順著她的思維走，這樣至少她肯信任他。

在還未理清思緒前，只想到報仇的旋月，也無計可施，為了生存，她就聽他的話吧。

「那我們好好合作。」她迫著跟不知是否信得過的敵軍合作，可除了他，她也找不到別的人能保護自己。

段無慮為讓她有個合理原因相信自己不會傷害她，也只好和她「合作」。

他端了藥給她。

「要是想保命，先治好現在的傷吧。」

旋月在喝藥的同時，段無慮突然伸手想觸碰他腹部。

她下意識的摑了他一巴掌。

「你想幹嘛？」

「我只是想替你換藥，要是換一次要摑一次，那從前幾天我開始替你換藥開始算，你要再摑我三巴掌。」

她無奈起來，早知當初不衝動傷害自己，他就不會看到自己的身體。

二人尷尬的相處，也沒再多說一句話。

「你什麼時候告訴我要怎麼做？」

段無慮見她聽著能替族人報仇，就馬上有回生存的動力。

「等你康復之後我再跟你說，別急。」

她還是不知道他是否真的會保護她，可他既然把自己救了回來，也應該不會馬上殺了自己吧。只要還活著，她就可以有新的轉機。

「我先出去了，你休息著。」他輕聲道。

段無慮走出營後，也沒想到事情會這樣進行，本來救她一命只是因為一刻的心軟。

想起從埋伏在族外就一直觀察著她，到看她大典上的表演，他就為她心動。雖然他外表冷漠，可內心溫柔如絲，到她哭著和他對峙，他根本無法下手，他就知道自己是真正喜歡上這個女子，也明白別人所說的「紅顏禍水」，明明是最要除掉的目標，可他竟然心軟起來，無法傷害她。一個在戰場上心狠手辣的人，也有致命的弱點，可為了掩飾脆弱，他就要想如何留住她的命而不給人發現。

於是一路到這，他只是以能如何保著她的命為前提，他想到允許兄弟的荒唐念頭能拖延時間，想到將軍霍度是唯一能在此時保住她的命的人，想到報仇能阻止她再次尋死。

不過，什麼報仇計劃，都只是權宜之計，他根本沒想到這麼長遠，更沒想到要叛變。從小他就是被教成是個忠心冷漠的人，對上司要服從，對下屬要尊重，他不愛交際，不苟言笑，可他備受器重。可現在，為了令一個對他充滿敵意的人相信自己，他只好說謊，他只好騙著她，做一個有野心的人，這樣他才可保護她。

對著事情的變化，他只好見步走步。

經過調理，旋月終於能走出營外，她才知道每一天段無慮都在營外睡，守著她。她開始想，他是不是一個值得信任或者是利用的人，可第一件事，她不能為他心軟。

她看到將士們都在吃著燒餅做早點，她不禁想起那面具人，他和所有的族人一時間都消失了，剩下她了。可不論怎樣有件事不會變的，是她背負著所有人唯一的希望。

「出來走走對身體好。」段無慮對她說。

「我想去一個地方。」

旋月忽然想起一件很重要的事。

「哪裡？」

「旋族的居住地，還剩什麼？」

「所有的屍體我們都火化了，其他的都沒怎樣動。」

只餘灰燼。

「我想先到那兒一回。」

一片頹廢，數天前，這兒四周都是生機，現在是一角終遭遺忘的荒涼。

她到了她家住的地方，把所有的物件抱在一起。

失聲的痛哭了，不可磨滅的傷痛，原來在和死亡正面對峙時，可以痛得如此的絕望，生存的人能擁有的只有死物。

段無慮沒有資格說什麼安慰話，可見她無力又沉重的背影，他不願再看到她受傷害，他想一世的守護她。

收拾起所有族內的物品，包括旋芷親手編的樂譜和琵琶，自己的舞鞋和旋蘭的一些舞衣等等，最後她看到一個金銅色面具散落在一個角落，似在等它的主人。

可他不會回來了。

第二章

「你想幹什麼？」

「我想把這些全都埋了，當是為族人起一個無名塚，我知道不能有身份，可我要讓自己記住，有天，我一定為他們弄一個有名有姓的墓碑。」旋月眼神裡都是恨意。

「這是只有你和我知道的事，我不想你跟別人說。」她叮嚀。

「這是一個可保守的秘密。」

她和段無慮走到旋族附近的大草原上。

二人合埋了物件，而且立了一個木牌。

旋月跪在地上痴痴的望著木牌不語，所有的記憶都要深埋著，她不可以輕易感情用事，可她壓根兒的放不下這一切。

忽然，段無慮吹起了笛子，他隨身都會帶著一支笛子，小時候父親都愛教他吹不同的樂曲。

是哀樂，為著遠去的人奏著眷戀，為著留著的人傳達思念。

悠揚低吟的笛聲吹著的是多麼平靜又傷悲的樂曲。

旋月的心也算慢慢安靜下來，也許是這些日子以來最安心的時刻。

他吹著笛子悼念已逝的人，她站了起來，用她最擅長的方法，為這個民族作最後的敬意，旋族所有的大事都會跳舞，包括喪事。

這是旋月第一次跳這隻哀悼舞，也是最後一次跳，不是為一個人，而是為所有族人。

這個傳奇的民族。

她不會忘記傷痛，可只有此時的音樂和舞步能撫平她的不安。

就這樣，笛子和舞步的結合，給予旋族最深的懷念，至少有兩個人，到死也不會忘記

他看著她再次跳起舞，心裡安心不少。

她最引以自豪的事，她自綑在身的藥引。

「這裡是季亞草原，是我們常常來聚集的地方，常常有營火晚會，都是些快樂的日子，可原來只要一件事，從此它會變成傷心地。」

「我知道我不配說什麼，可是你要振作起來。」

她看著他，用多麼溫柔的眼神，正眼的對峙，她放空了思緒，心卻有了打算。

這個男人，他的眼神，他的心。

她不會明白他在看她時，心裡除了想她好，除了一絲的膽怯，真的沒有別的了。

「我會的。」她肯定的回答。

第三章

她想讓他愛上自己，由被利用變成利用他，她從未試過勾引男人，也不知勝數有多少，可此時，她能做的，就只有這樣。

忽然她記起自己的母親，那份為愛無畏的勇氣。

而其實，想得到他的心是多麼輕而易舉。

她對他不再如初時的反感，漸漸表現出信賴。

由於知道霍度快要回來，旋月加緊想怎樣練舞，而她每次都要段無慮陪著。

每天見著心愛的人在眼前跳舞，心裡又是歡喜又是折磨，他不想看著她變成仇恨的俘虜，當初只有這個念頭才能讓她生存下來，可看她像是越陷越深，他感到無奈又心痛。

「好看嗎，無慮？」

她親切的喚著他，一邊轉著，一邊笑著。

他只能微笑著回應，可想到不久後自己要親手把她送到霍度手上，他心裡在淌血。

真想就這樣和她過一世，可往往世事愛百般阻撓。

這天，他在吹著笛子，而她還未到。

當他在靜靜的沉醉在樂曲裡，一陣風在他背後掠過，旋月不動聲色的來到他身後，見他認真吹奏的樣子，偷偷給他一個驚喜。

她打扮得特別亮麗，一直貼著他圍著他在轉圈圈，眉飛色舞的。

他不會跳舞，只好站在原地繼續吹奏著，見她起勁，他也加快樂曲的速度，二人一動一靜，配合得天衣無縫。

「知不知道我在跳什麼？」

「我怎會知道？」

「這是我們族裡的求愛舞，只要其中一方向另一方跳了起來，如果二人情投意合，另一方就會回應；若沒有意思，就會像你一樣立在原地，等舞步結束。」她笑著。

可這是什麼意思啊？難道她在向他求愛，而他對她沒意思？不是這樣的。可段無慮一時之間接不上話，只能由羞澀涮紅臉。

旋月看著他尷尬的樣子，心裡樂透了。

「我⋯⋯」他正欲答話。

「跟你鬧著玩兒的，別生氣啊。」

一時之間又讓認真化為玩笑。

段無慮一臉無奈。

「生氣了？」她湊近。

「沒有。」他苦笑。

「這真的是求愛舞啊，我沒騙你。」

她又忽然提起。

「知道了。」他無法招架。

「今天我不想這麼快回營，你能陪我待到晚上嗎？」

「反正沒什麼事，你想幹什麼？」

「到晚上你就會知道。」她詭異的笑著。

他怕她又有什麼把戲，難以收拾。

二人生著火，一直閒談著，不知不覺夕陽也下山了，襲入草原的是涼意和靛藍的天空。

旋月沒有保留的把她所知的所聽的都跟他說了，反正她的所有回憶都只屬於過去了。她坦白的令他驚訝，她是真的相信他了嗎?而當然，他也沒有什麼要向她隱瞞的，他只需對皇上忠心，於是皇后想滅族獨寵的佈署，霍度的狂妄自大，他都說了，除了一點。

「你這麼能幹，大概有婚配了吧？」

「沒有，不是上等人家，哪兒來的婚配？」

「有喜歡的人嗎？」

他比要去行軍打仗害怕。

只能不說話。

「知道了，有喜歡的人不想跟我說對吧？」她逼迫著。

他暗自歎一口氣，這不是一個恰當的時機表白啊，他和她，只是認識了十多天而已。

「你抬頭看看。」她忽然捉著他的手。

季亞草原的夜空，繁星閃耀，像是一顆顆流放在天上的淚珠。

「很漂亮啊。」他不禁讚歎，長這麼大第一次看見這麼壯麗的天空。

「我們族人相信，相愛的人只要對著星空一同許願，就能白頭偕老的，而且我們的婚宴都會在這兒弄的。我雖然知道這個傳說不是真的，可我情願相信著。」

她真切的望著星空。

「現在我的族人都是天上的星星，守護著我。」她在哽咽。

「旋月。」

她凝著淚滴轉過頭來。

「這片星空是我唯一還能找到他們的痕跡。」

人能把地上萬物摧毀，把死人化成灰，可阻擋不了星河的絢麗和人的思念。

她栽到他懷裡哭著，他不懂安慰，只好讓她靜靜的抽泣。有時候，無聲的安慰，只要一個擁抱，就是最好的安慰。

「娘說過我要和最愛的人一起來到這兒，她都期盼著我能幸福。可我連她是天上的哪一顆星都不知道，我好想她。」

她只是一個從小給呵護著的孩子，可此時，暴風雨一把吹走了她的所有。

她只想有個依靠。

「你娘會看見你幸福的，只要你堅持著，幸福會來到的。」

哭累了，旋月情緒慢慢平復下來。

她疲憊的看著他。

「答應我，若你以後找到心愛的人，帶她來這裡，告訴她這片星空的傳說，讓她也能得到幸福，當是我送給你們的禮物。」

她語氣變得奇怪，段無慮怕她又想做傻事了。

她忽然站起來，打算離開。

「你要去哪兒？」他大吼。

「能答應我這點嗎？」她不肯轉身。

他感到很不對勁。

「你要什麼我都答應你。」

她背著他笑了。

她轉過身去看著他。

一個眼神的交換，她知道他沒有說謊。

她衝過去抱緊他，抱得很緊很緊，如同捉緊他的心的力度一樣，不容有失。她想佔有他，讓他為她做任何事，而現在，成功已是捉得住的距離。

可有一點，她提著自己，不能讓自己愛上他。

「等到所有紛爭完了，把我帶到這裡，我們永遠在一起。」旋月這一句話如同一把鋒利的小刀在他的心中的竹簡上雕刻著，一字一句，不能磨滅。

二人握著手在草原中漫步，像親密的情侶一樣，段無慮早已給愛情沖昏頭腦。如此短暫而愉快的漫步。

此時，一隻暗箭從不明的地方射來，幸好段無慮反應快，拉著旋月避開了箭。可此時，對方像是無意休止，對他們再次攻擊。

二人惟有快跑，想必是和玉族的談判之間出了問題，玉族最擅長的是箭術啊。可來者只有一人，真是不知情況如何。

短箭密而痲利，稍不為神，必定中之。

草原無處藏身，自己在明，對方在暗，實在難防。

段無慮捉緊旋月，可還是無法阻止一支短箭射中她的腳踝。

「啊。」她慘叫了一聲。

段無慮見旋月受了傷，怒火中燒。

恰好瞥到一個黑影，立馬反攻。

「你等著我。」他吩咐後追過去。

二人功夫不相伯仲，可憑著因心愛之人受傷而激起的怒火，他成功制服了對方，確認是玉族人，可還未來得及問話，對方已咬舌自盡了。

真是賠了夫人又折兵。

旋月無法動彈，腳踝傳來劇痛。

段無慮馬上抱著她回軍營包紮，而由於事出突然，他替她包紮後又得立刻和別的人開會。

旋月腳無端端受了傷，怕會影響幾天後的表演，可又想不出別的法子代替表演。無法入睡，只好在帳篷裡等天明。

段無慮又在此時進來了。

「沒事吧？」她問。

「沒事，只是議和後有玉族人不甘心，想隻身來軍營偷襲而已，在草原中見到我們，就先動手了。」

「原來是這樣。」

「真是無妄之災，一個不自量力的人居然弄傷了你，真是可惡。」

「不打緊，一點小傷而已。」

「霍度說明天就會提早回來，要用行動表明玉族的歸順，所以提早回來。」

「明天？」她立刻想到本來預算好的表演。

「對。我明午跟他說，你腳傷了，不跳了。」

「不行。」她果斷不已。

他嚇到。

「你現在這樣怎麼跳？」

「我可以的，你別跟他說，你說什麼都答應我的。」

「不，別的都可以，這關係到你的安危就不可以，萬一失手了，你會激怒他又會加重傷患。」

「這是一個好機會，我不可以放過啊。」

「你要討好他，我可以為你鋪路，可不要拿自己的身體作賭注。」

她知道不能來硬的。

「隨你便。」

她忽然語氣軟下來，他雖疑惑但也只好罷休。

「明天你不許走出營外，我會派人守著。」

不能放過這個機會，若不把握，他可能不捨得放自己走了。

天亮時份，大家都準備著迎接霍度和玉族代表的東西，忙個不停，可就是有兩個人守著她的帳篷。

她納悶著，時間不多了，霍度中午就會回來了。

她在營裡穿好舞衣忍著劇痛站起來，她把傷口處包得再緊一些。

為了適應疼痛，她不停在練習，一定不能被發現自己負傷。

她偷偷鑽頭出去，兩個守衛和她正眼對上。

「段副首領說不能讓你出去。」

「和你們談個交易好不好？」

果然都是聽到有利益就會耳軟的男人。

「如果你肯放我出去，我就很大機會成會霍將軍的新寵，這樣的話，我就可以把功勞分你們一份，這不是比單單一個副首領的話來得划算嗎？只要你替我騙到他，到我成功了，你們不但不會有生命危險，更有利可圖。」

旋月理清利害的說著，四肢發達可頭腦簡單的士兵們就給唬弄過去，趁著空檔放了旋月走，為能拖時間，旋月還把東西塞滿被子假裝未睡醒。

此時她又跑過去告訴主持儀式的將士自己的表演依舊放在壓軸，之後忍著痛的躲在後台。

段無慮忙著訓練儀仗隊和開場的表演，沒空理會別的事。

於是，旋月得以在後台待著，等待機會出場。

等到中午時分，霍度和玉族的代表團們一起到達軍營，嬉笑怒罵，男人之間大咧咧的對話，一片權力鬥爭得來的和平表象。

可不到女子來說三道四。

只要能讓男人歡喜，就是女人最大的武器。

控制著權力擁有者，等於是權力的支配者。

雙方各有八名代表進入表演用的帳營，吃了午餐後大家就開始邊喝酒邊觀賞表演。

為顯伊國的國威，頭和尾的表演都由伊國的人負責，而當中則各有兩個代表的表演。

開頭的是強勢的軍鼓表演，由段無慮領頭，鼓聲隆隆，成功為開場帶來攝人的氣氛。

旋月只能遠遠的觀看著這個表面和諧，內裡撕裂的演出。

之後的表演都是由男性主導雄糾糾的表演，氣氛都像是在互相用表演在交戰一樣，只是沒有用武器正面交鋒。掌聲就是一個指標，雖然是要捍衛自己代表一邊的面子，可很多時，為了更完整的面子，對對方要給予更強大的歡呼。

無聊幼稚的男人。

到最後，擔當主持的宣佈壓軸的項目了。

「旋族以優美的舞姿征服所有人的心，這次壓軸是由旋族女子代表為我們表演舞蹈，我們有請旋月。」

玉族不知旋族已滅的事實，但聽到終於來了個女子，高聲歡呼起來，大家都十分高興，除了段無慮。

男人鬥爭到筋疲力盡，才肯把舞台交給女性，才肯放下面子，觀賞大家共同的喜好，變成如同好友的狀況。

所以說，紅顏是水禍，可用得好也能治水。

她一出場，大家都樂得開懷，不停的吶喊，苦悶的男人戰場終於傳來幽幽的花香。因為令人悸動的美色充實眼球，也因為無須再顧全飄無的勝負和面子。

在男人眼中，女人都是敗者；在女人眼中，男人才是敗者。

因為有這樣的關係，世界才有趣味。

音樂一奏起，她擺出開場的姿勢，一下子令全場屏息，好像一吸入她身上的香氣就會暈倒一樣。

她忍住痛，開始舞動起來，更不時對著台上的霍度和玉族使者弄眼色，也橫掃著全場的男人，看著他們對自己的眼神，更讓她起勁，只有得到認同，才有機會復仇。

段無慮臉似鐵青一般，無法笑得出來，他不怪她，他是心痛她，還有她腳上的傷，她越跳得起勁，他的心就如同給撕了一層又一層一樣。

她不止一次和他對上眼神，可她不能表現出異樣，看到他的臉色，她雖然有一絲內疚，可也只能勇敢繼續下去，不能為他心軟。
終於，她跳完了最後一步，全身也冒出冷汗，為了不被發現腳上已出血的事實，她以跪地作結尾，恭恭敬敬的收結。
「好！」霍度站了起來拍掌，玉族使者也激動的起立拍掌。
全場掌聲雷動。
「素聞旋族舞蹈驚為天人，今日一見，果然非同凡響。」玉族使者盛讚。
得到剛歸順的外族稱讚，她不只為族人增光，還為整個軍營和國家增光，自然是喜上眉梢，腳下之痛，忍忍就是了。
「抬起頭來。」霍度喊道。
雖全身冒汗，可也蓋不住她的美貌。
「玉進啊，本想把她送你作為議和禮物，可我真的是很喜愛，這丫頭我就要了啊。」
這一句說了，旋月也鬆一口氣了。
「謝將軍厚愛。」她忙叩著頭謝恩。
「我不敢跟霍將軍爭啊，這等美色，能親眼目睹也無憾了。」還是要恭敬的回應著，輸了女人，得要回尊嚴。
「哈哈哈，不能讓你空手而回，來，我們出去看看方才的戰馬，喜歡的就騎走得了。」一時得意，表現大方爽快。

親眼看著所有發生，段無慮腦像給掏空了一半，無法思考，她真的，一步步走向復仇成功的路上，可他無法替她歡喜。

心如熱鍋螞蟻，可只能在他們遠走前保持冷靜。

旋月的頭還是低著，想必腳下的劇痛已經在蔓延。

二人漸漸走出帳幕，選野馬去了。

段無慮也得隨著他們出去，等確保他們短時間不會回來時，才衝回去找旋月。

旋月聽到他回來的腳步聲，強忍住的淚水聲已忍不住落下。

「旋月。」他叫著，語氣嚴厲又著急。

她緩緩抬頭，如同初見，她眼中晃著淚水。

他也一把抱起了她，如同初見一樣，心裡頭都是憐愛。

二人不語。

他沒有責怪，沒有冷酷的眼神，心中只有不忍和難受。

熟悉的畫面，可二人再也回不去初見時，也改變不了已發生的事。

只能往命運的軌道走著，一步步往未來走去。

第四章

急於替她檢查傷勢，原來早已染紅了一大片，而她一直忍著。

他一直沒有說話，只是替她在重新包紮著。

她知道，他生氣了，可也無法責備她。

「說句話啊，你這樣很可怕。」她受不了。

「現在我只想你做一件事。」

他抬頭和她對視。

「跟我私奔，不要理什麼復不復仇的。」他認真而冷靜的說出「私奔」二字。

她呆住，他是氣瘋了不成？

「不可能，現在是騎虎難下，沒有別的路走。」她強硬回應。

來到了要決擇的時刻。

「你不想跟我走？」

她不敢回答。

她說不出口心中的答案。

他跪了下來，誠懇的再問一遍。

第四章

「跟我走好嗎？我會給你幸福，給你保護，遠離這兒的所有。」

她想跟他走的，因為在情感上，她喜歡上他了。

可理智上，她清楚，這一走，她沒有別的路徑去報仇，而眼前的他，也是曾經狠心殺戮自己親人的仇人之一，她無法軟下心來。

「不。我不會跟你走的。」她冷漠而堅定的回應。

他知道改變不了她心中熾熱的報仇心，這感覺無力的讓人焦燥。

他只求她能做出一個對自己最好的選擇。

「你不會後悔？」

「不要問我以後的事，我只知道若我現在走了，我會後悔。」

他只好放下這個念頭。

二人無法再說別的，對坐一晚，讓心中的思緒沉澱。

旋月睏了，挨在他懷裡睡了，恐怕是最後只屬於彼此的晚上，他還可以光明正大的抱著她。

段無慮看著她睡著，眼睛也怕多眨一眼，因為第二天，她已屬於別的男人，往後一個眼神的交錯，都是罪過。

她將會是自己首領的女人，她決定了，他只能默默看護著她。

內心煎熬不已，當初以為容易守住對主子們的忠誠，現在露出裂縫了，為了讓她不受傷害，他情願為她得罪所有人。

可這種靜默守護的決心，只有自己清楚，在她和別人面前，絕情要絕到底，這也是守護的一種方法。

第二天，旋月醒來，他已經不見了。

她的心感到前所未有的空洞，可她不能反悔。

是時候回去首都面聖，大伙兒趕忙收拾行裝，準備回家。始終是做了件大事，定當論功行賞，大家都喜樂洋洋，因為不只皇上，皇后的禮也少不了。

霍度一早就把旋月接上自己的馬車，想必回去也定成為府中寵在心頭上的小妾，一天之間，足以令滅族後代變成將軍府中的新女主人，將士們都忙不迭獻媚，望女主子能在霍度跟前多美言幾句，讓他們得到多點的賞賜。

大家都守口如瓶，不把她是旋族後代的事傳到任何一個外人耳中。

旋月連一個正式道別的機會也沒有，他和她，一個在馬車前領著軍隊，一個在馬車上受著呵護。距離感，已在實際上滲進心裡。

「幹嘛悶悶不樂？」

「沒有，只是昨天有點累，可又睡不好。」對著將軍，說話得小心翼翼。

「你回到府上後，我立刻替你辦些新衣，美女得有新衣才搭配嘛，加上你跳舞得有不同打扮才好看。還有，不能告訴別人你姓旋，回去就喚作月姬，是我的新妾。」

「是，謝將軍。」雖則心中不歡喜，可不能表現出來，只得冷青著臉。她知道她的終點不僅於此，這個男人會得到他的報應的。

「哈哈，娶了個冰山美人了，笑一下吧，昨天笑得多好看。」

唯有擠出個苦笑。

「我的好月姬，以後只許你笑，不許你哭。」

經過幾天路程，終於回到首都伊城。

霍度把她擱在府上，就和手下立馬回皇宮領賞去。

霍度有一個正室和三個小妾，都長的不好看，怕是政治原因多，個個見旋月長的有攻擊性，就對她使眼色。

「你是新寵可也是最小的，將軍不在時，就得好好聽話，不然怕你吃不了兜著走。」二房一來給個下馬威。

「知道了姐姐。」旋月知道成大事得忍耐，就讓她們先快樂著。

霍度受賞加封回來後，打算宴請下屬一番，順勢當是納妾的喜宴，旋月得到不少賞賜，又有珠寶首飾，又有新衣新鞋，可除了宴會當日的嫁衣是紅衣服外，她都要穿黑衣裳，因為在旋族裡，白是喜事，黑是喪事。

所以當鮮血在當天放肆的揮灑，它們的背景都是蒼白的族人，旋月無法忘記自己的舞衣上都是一點點的血紅，在月白色映照下，格外清晰。

如同仇恨的情緒，格外清晰。

「就那麼愛黑色？真不吉利。」正室在陪她選布時，也在抱怨。

就是不吉利，旋月心想。

一切安頓好後，宴會的日子也快到了。

而算算日子，本來在舞祭大典後一個月也是該把選中的女子送進宮的，因為這同時是慶祝皇上登基十年的大日子，可現在這日子也快到了，怕皇上也還不知道旋族給滅族一事。到時沒有人來，就可以有人借題發揮，怪罪旋族，加上一些莫須有的罪名，到時就可名正言順下令滅族。她惡毒的計劃，都是因為可憐的妒忌心。

她不能讓她得逞。

霍度每天都黏住她，又口口聲聲說愛她，可她總覺他不可能答應送她進宮的，這男人嘴皮只跟著下半身動，心中除了名利權勢，裝不下別的。

所以唯一的方法，只有等宴會的日子來到，找他幫忙。

等著他的日子，一日如已經過一個寒冬。

他也加封了，受賞了，日子過得可好？是不是已經忘了自己？他討厭自己嗎？這些問題，她很想知道答案。

第四章

原來她也不過是個渴望愛的女孩，在謀算著的同時，她的心早已動搖，利用著他的感情，自己也感受到心痛。

可後悔和覺醒都是在已成定局後才出現的，難道現在要和他私奔嗎？不可能了，當初的堅決，她只好不停麻醉自己，只要能復仇，一切都來得及。

不知不覺，深秋悄然到訪，一片落葉，一絲寒風，一剎日落，都特別傷人。

還有三天，可比三年還長。

她是霍五夫人，是霍度的新寵月姬，像是在府裡不錯的地位，可來自前四名夫人的責罵喋喋不休，自己一個時，她只能對著池塘裡的魚兒歎息。

「怎又在這兒呆住了？沒事做嗎？」最勢利的二夫人又來煩人。

她連一點私人空間也沒有。

「二姐好。」她還得對她請安。

「你享盡霍將軍的愛，又有最好的生活，還在每天傷春悲秋，你腦子沒事吧？」

旋月只覺她可憐，一生只在追求得到一種得不到的愛和擁抱著無法當正室的遺憾死去。

「成啞巴了嗎？」

「不，我只覺秋意來襲，不想說話，怕傷著喉嚨。將軍愛聽我唱著歌謠入睡。」

二夫人滾大著眼睛，這種年輕女子真是得勢不饒人。

為了保護二房的尊嚴，她一巴掌打下去。

旋月不反抗，對著這種女人，除了婉惜，也沒別的可以做。

「這只算是小教訓而已，你走著瞧。」

旋月這下是真心的笑了出來。

「笑什麼？小賤人。」

「月姬受教了，以後定當記住二姐的教訓。」

不過是年過三十五，還無所出，也不得寵，日日夜夜念著成不了正室的小三而已。她最光榮的是成為持著錢財，在霍度未成名前，騙了他上床的女人。

世界之大，這都是尋常事。

終於宴會的日子到了，旋月打扮的花枝招展，在四個姐姐眼中，就是庸俗，在男人眼中，是心動，

他會來嗎？

站在池塘前，又是一輪憂心忡忡。

「霍五夫人好。」忽然，熟悉的聲音傳進耳邊。

一轉臉，他已淡然的下跪著作請安狀。

她忽然心冷，給這舉動嚇的後退一小步，為何感覺如此陌生？

第四章

日夜想著的重遇本是多麼的百感交集和感動，可現在是尊卑分明的情況，她怯了，今天是否能做到說服他這一步呢？

「段首領請起。」她只好也冷漠起來。

「今日是夫人大好日子，怎麼立在池塘前發呆了？」

有意無意的嘲弄，像一支冷箭，正中心頭。

「在想怎麼做一個開心的新娘。」

她沒有掩飾自己的不快，正好成了另一支冷箭，回敬他心。

「我還要替將軍做些事，就先和夫人告辭了。」

「慢走不送。」她無奈，冰冷的對話在心中割下一道血痕。

他從她身邊直走過。

她過得不快樂，可她當初沒有選擇跟他走，他只是想賭一賭氣，可她的一個慘白眼神，直訴自己的哀傷，已足以令他無法回擊。

為何不跟他走？他依然困在這個問題內。

夜晚天氣變得清涼，大家在室內飲酒作樂。

「今天，我霍度能受封成為維和大將軍，全是你們的功勞，我能娶到一個嬌人的小妾，也是你們的功勞，大家就盡情的吃喝，別客氣！哈哈哈。」

大家都沉醉於快樂的氛圍中，旋月也在喝著酒，和霍度快樂的起舞。幫過旋月的手下，曾想姦污她的手下們，此時都只想他們都高興，做手下的，最好別想太多。

好像一定要快樂的氣氛讓段無慮成為似是場內唯一不快樂的人，無論表面或內心，他從一開始就沒有笑過，只是不停的喝酒。

旋月都看到，可她只能把霍度灌得爛醉才有機會行事。

當大家都爛醉還在大廳內吵鬧時，段無慮拿著酒醒獨自走了出去池塘附近的涼亭坐著，透口氣都像是有她的味道。

果不然她真跟了上來。

「我本以為你會不來。」旋月的聲音忽然傳進他耳邊。

他放下了酒醒。

「為何不來？」

她走近他，安靜的跪在他背後抱著他。

「你真的要這樣冷淡嗎？是不是移情別戀了，所以對我這些舊情都不顧了？」

他全身麻痺，不敢動彈。

「沒有移情別戀，只是沒有資格熱情起來。放開我吧。」他保持冷靜。

「我求你一件事。」她抱得更緊。

「先放開我，有話慢慢說，我說過會為你做任何事的，連放你走也做了，你沒必要這樣。」

「我不放。」

他轉過頭去，看見她懇求的眼神。

「是什麼事值得你這樣冒險對我？」他知道此事定有困難。

「在皇上的登基大典上，偷偷把我送進宮，讓我如以前的旋族女子一樣，做御前表演。」

他大驚，這件事，等於是和霍度和皇后作對。

「只要送我進去，皇上喜歡我，我就可以真真正正進行我的復仇計劃。」

「所以今天偷偷來求我也是你計劃之內，對吧？」他心酸。

他雖然明白她的心態，可又因遭利用著而感到又心痛又無奈，而且冒這麼大的險，若有差池，他們二人都會死。真的值得做嗎？

「我找你不只是因為我想求你，還有因為我想你，我想見你。你不會知道我有多掙扎，已經失去了和你雙宿雙棲的機會，我無法回頭，我只能往前跑啊，只有皇上才能救我們。」

她想見他，這足以令他心軟了。

「無慮，我知道你一定覺得我太冒險了，可我真的沒有後路，做霍度的小妾有什麼用呢？我天天對著一個我不愛的大叔，又要受他夫人們的欺負，前幾天才給他二夫人賞了一巴掌，我真的受不了了，只有你，才能幫我。」她邊說邊哭了。
他摸著她的臉，竟有人打她，眼淚流過他的手，他真的堅持不住對她絕情。好幾次她哭著看他，他心亂如麻，他不想再有這樣的時刻，他不想她再流淚。
她用冰冷的手摸著他的手，感受他的溫暖。
他心中苦苦掙扎著，這事在公有違道義，在私等於又把她送給第二個男人，怎麼樣都是讓自己受傷的行動，可不做，她就會絕望了。
這是她唯一的機會。
「你讓我想想。」他只好態度軟化。
她趁機把羞紅的臉湊近，接近他的嘴唇，酒精和情義的碰撞令他無法集中思考，他迫著先迎著她的吻再算。
可感情一發不可收拾，他已親手把她送走了，在給第二個男人之前，他只想能和他朝思暮想的人一起，為她就算現在要死了也值得。
她脫著他的衣服，漲紅的二人的臉在月光映照下併出火花。
「答應我好嗎？」她在他耳邊吹著氣。
「你要什麼我都答應你，我說過的。」他完全失控，陷入她的身體裡。
於是在別人爛醉一無所知的情況下，他們在酒精和月光的激情催化下偷得獨處的時間和狂歡，就算不合道義，可他註定是個為愛痴狂的男人，而他也認命了。

第五章

旋月帶著羞紅的臉回到大廳，霍度正喝得爛醉呼呼大睡，其他的人不是睡著了就是先走了，沒有人知道發生過什麼事。

她沒有一絲愧疚，這裡的人都只配是她的踏腳石。

等到她手握大權，什麼將軍什麼夫人都只是一堆灰燼。

段無慮回到家裡依然不肯定方才的事孰真孰假，洗把臉清醒點後，他反而留戀宿醉，沒有什麼比永不清醒更令人意亂神迷。

可他知道明天自夢中一醒，要面對的是好好計劃如何把旋月送進宮去，他作為登基慶祝大典的其中一名統籌，他能想到方法的，至少答應了她，他就要做到。

歡愉過後，就是令人頭痛的思考過程。

他靠著飛鴿傳書把訊息傳到旋月的房間，他也怕會有失誤，當收到她回信時，他才心安下來。

這個決定，走錯一步，就會招惹殺身之禍。

在大典的前一晚，霍度來到了旋月房間過夜，這也是她想看見的事。

她準備好下了迷藥的茶和糕點，足夠令他睡到日上三竿，看不見她走，也會遲到大典，招怪罪。

「將軍，明天你要早起參加聖上的慶祝宴會，月姬準備了茶沒有酒，怕你醉了會遲到。」

「哈哈哈，真是個貼心的ㄚ頭，來，今晚我們以茶代酒，好好過一晚。」

沒有質疑，茶不夠一壺，霍度已嚷著要睡，一切正中旋月下懷。

「不知怎的，今晚特睏。」霍度打著呵欠。

「將軍常常要操勞，容易疲倦也是正常，累了就睡吧。」

她扶著他到床上，一個倒頭，霍度就熟睡了。

她連忙吹熄蠟燭，偷偷溜走。

別的夫人的房間都比她的遠，她小心翼翼不給下人看見，從後門跑出去。

在門外等著的是段無慮，二人一見，立刻相擁。

旋月激動的哭了，好像困住已久的小鳥終於能離開囚籠，可她知下一個只是更大的籠子。

「無慮。」她叫著。

「我備好了馬車，待會兒你會隨其他表演隊伍進入皇宮。」

「你是不是已經沒有了和我私奔的念頭？」她忽然想問這個問題。

「不是不想，而是我知道當你完成了你的心願後，你才能真正快樂的和我在一起，所以我不想再要脅你，我等得起。」

她摸著他的臉，他的情深，他的認真，都是摸得到的。她更有決心要好好報仇，等有朝一日可以和他在草原之下看令人目眩神迷的星空。

「進了宮之後，我們更要事事小心，不能再做任性的事了，知道嗎？我不能再這麼輕易又明顯的保護你，你要自己照顧好自己。」

「知道了，為了重要的人，絕情起來也是必須的，對吧？」

她利用著他，又深愛著他，對自己說好不動心，可又怎能不心動？

「絕情」二字說來輕鬆，可在心中的糾結湧現出來還是痛苦的。

二人在再次分別前，擁吻起來。

之後趁著隊伍在深夜時份進宮時，她也成功進了皇宮。

進了正門後馬車跑好幾里才到給表演者休息的地方，明天將會決定性的一刻，只要有了皇上的庇護，她就可慢慢把眼中釘給去除。

旋月在下午才表演，由於表演的舞台在別的地方，她只能待在休息的房間等著，越等就越焦急，也越緊張，不知皇上、皇后長什麼樣子，不知他們見到自己有什麼反應呢？

此時，有太監送進午餐，是燒餅和薑茶。

是燒餅，她愛吃的燒餅。

這個世上除了她的族人，沒有人知道她愛吃燒餅，連段無慮也不知，因為在滅族事情發生後，她沒有再吃過，也沒有再要求吃過。

有這麼一刻，她覺得他還未走。

他還在為了讓她放鬆而哀求她吃一口燒餅。

「怎麼是燒餅？」她隨口問道。

「恰巧這樣安排，姑娘不愛吃？」

「不，我愛吃。」她深怕他拿走那碟燒餅。

「沒別的我先走了。」

她點點頭。

咬下一口，味道不一樣的燒餅，可她依然感覺到那天的情景。

她連他的名字也不知道，她連他的模樣也不知道，可他奮身的保護她，他為她犧牲。

而她連一點的紀念也給不了他，他卻連命都給了她。

此時吃著燒餅，她用這短短的時間懷念他，只是屬於他的時間和記憶。

為他流下淚，為他心痛。

忽然之間，她靈機一動。

「旋月，請準備出場。」

這是最後一次機會了。

不容有失。

她這條命不是隨便能丟的，她這條命背負著期望和仇恨。

她眼神變回銳利，準備好要讓令她受傷的人十倍奉還。

「下一位，是一位神秘的表演者，她說希望為聖上和在座各位帶來一個驚喜，所以不想先公佈身份。」負責介紹的侍官說著。

「哦？竟有這樣神秘的表演者，朕也真想見識見識。」

「是啊，臣妾也想看看。」皇后附和著。

「快傳。」順王迫不及待。

馬上就是旋月生死一線的時刻，若成功了，她就能成為後宮一份子，和凰皇后爭一日之長短，若失敗，皇后和霍度一定會想方法整死她，而且還會連累段無慮，她無法輕鬆下來。

在上台之前，她瞥到段無慮經過，他沒有看見她，在皇宮裡，一個眼神的對碰都是禍，她只好不想太多，從此刻，她要學會好好的藏心，為了守護重要的人。

沒有人知道她是誰。

她穿著白色繡著彩線的舞衣，臉戴著一個鑲著金的面具，只蓋著眼睛，她決定要等這支舞完了才公開樣子，這是她非常突然的決定。

音樂聲一起，她把袖子甩開，露出戴著面具的臉，眼睛和皇上對個正著，她莞爾，可由於看不清楚樣子，順王雖感到和她對望了，可又無法立刻看清她的樣子和她內心。

他好奇得很，可又無法立刻衝下去揭開面具，這種癢癢的感覺令他又興奮又期待，同時又在這女子身上感到種莫名的挑戰感。

有了面具，她好像得到了一層保護，她能望穿他們可他們卻無法望穿她。她能不顧一切投入在舞蹈裡面，絢麗的衣服和舞步讓她立刻吸引到所有人的目光，她明白當她表演出旋族的絕技，同時也是最為關鍵的時刻。

皇上會認得，皇后也會認得，若霍度來了，他更會認得。

那時，她等於把自己的頭顱擱在刀子下，而劊子手下不下刀，就是重點。

想著族人的慘死，想著霍度的無能，想著皇后的殘酷，她集中全身的力量，開始旋轉起來，而台上的花瓣也隨著飄起來，雖然冬天快到來，可此時的景致就像春天才剛來到，花兒因春風而盛放，花仙子正在領頭舞動著。

台下掌聲雷動，她見到皇后的臉色一下子暗了，她見到皇上興高采烈的拍著掌，她見到霍度一臉詫異，她見段無慮神傷又忍耐的樣子，在她轉動之際，世界好像將會顛倒一樣。

她知道成功就在眼前，她臉上的笑容開始綻放，催眠著自己，像她痛恨的人在族內大開殺戒殺紅了眼一樣，她開始把自己迫到萬劫不復裡，比以往任何一隻舞更瘋狂的姿態完成這隻慶祝的舞。

可能在所有看過她跳舞的人眼裡，這是她的高峰。

她為她的族人而跳，為愛情而跳，為親情而跳，她越用力就越感到這些東西和她的距離越來越遠，甚至已慢慢枯萎，別人為花開而喜，她暗自為花謝而悲；別人以為她歌頌春天萬物一片生氣，她暗自為冬天萬物沉睡默哀，背負著這巨大的差異，她感覺身體如同給撕開一半。

只有她知道，從此刻起，她討厭跳舞，她不再為懂得此事而驕傲。

她的心灰了。

不期然跪在台上，停了好幾秒，台下的人都屏息而待。

她收回欲掉出的眼淚，換成微笑說著：

「順王萬歲萬歲萬萬歲，祝順王和伊國千秋萬世，如春天一樣，令大地萬物繁榮。」

「好！」順王大喊。

所有的人跟著站起拍掌，皇后也強忍著怒氣拍起掌來。

旋月把握著時機，把保護著自己內心的面具揭開，從此刻起，她把自己攤了出來，是雨是晴，都要靠她一人解決。

和眾人面面相覷，看見他人的眼睛緊盯在自己身上，她不期然緊張起來。

順王竊喜起來，對眼前的美女心生喜愛，同時也侵入一種熟悉感。

「你叫什麼名字？」

「小女子來自旋族，名叫旋月。」此話一出，她感到身邊的空氣一陣窒息，定是有人在此時深深抽了口氣吧。

她自己也明白，話說了出來，是生是死，全都要靠順王一句話。

「旋族？怪不得這麼熟悉，原來和星兒是同族，今年本收不到你們的回覆，以為你們想叛變或是生朕的氣，不再送人進宮，誰不知原來是要給朕一個驚喜。」順王想起當初見旋星在表演的畫面，幾年過去，他的心都一直想著他的星兒，現在好像終於有個人來填補了。

「是的皇上，就是想給您一個驚喜。」欲說不說，不能在此時就拆穿所有。

「哈哈哈，好！好！還以為你們不來呢，來了就好，快起，明天馬上給你冊封，你是我今天收到最好的禮物。」

「謝皇上。」一句簡單的承諾，她成功了。

「恭喜皇上。」藍貴妃立刻道喜，她無爭勝心，只覺多個妹妹多個人陪。

只有皇后還未能整理好情緒吧，她和霍度對看一眼，同樣給嚇壞了的霍度也無法給予任何回應。

「恭喜皇上。」台下各人都連忙附和。

段無慮雖然一點都不驚訝，可心中的難過，不比之前所經歷的少。他看到她一次比一次跳得好，可心中也擔心，她也會一次比一次難受，為著自己討厭的人甚至仇人跳舞，可能是對旋族的人最大的污辱。這如同要在仇人面前讚美他歌頌他一樣，都是和心背道而馳的行為。

他從她的眼裡，觀察到一絲的絕望，為了復仇，她還是做了她最不想做的事。

大典依然繼續，旋月已給送到後宮去，已是皇上要的人，就等於是主子了，一陣的忙亂在後方默默進行，侍婢和太監都得分派去她住的宮殿。

可一石激起千重浪，台下的人有的能不受浪擊，可知情者已經是深受打擊，無法再專心下去了，可為了順王的面子，他們全都要故作冷靜，臉上不能有異樣，等著他們的是絕對比此時更驚訝的事情。

還未正式受封，旋月只得待在西宮「秋菊宮」等待新的命令，而皇后住在東宮「春蘭宮」，而藍貴妃喜歡南宮「夏荷宮」。

旋月坐在鏡子前，有一個侍婢過來替她梳洗。

她把所有的力氣用來跳舞和控制情緒，現在無別人在，她變得木無表情，顯得很累，連有宮女走近也好像不太察覺。

這在宮女雅容眼中，旋月就成了一個冷漠的主子，她戰戰競競的端上涼水給旋月洗臉，不敢作聲。

旋月瞥了她一眼。

「你叫什麼名字？」

「回娘娘，奴婢叫雅容。」

旋月不想多說話，就拿起手巾抹臉，二人在些許尷尬的情景下第一次見面，雅容不知為何從主子身上感到一絲哀傷。

「娘娘，皇上下了令，明早到中殿進行冊封儀式。」

她點了點頭。

「對不起，我今天有點累，想睡，你先退下吧。」

「好，奴婢先退下。」

旋月累了一整天，現在才鬆一口氣，可這才是戰爭的開端。

沒有了任何人的保護，她要怎樣生存才好，她現在已經想念他了，復仇一點也不好，可是當初她的堅持，現在除了堅持下去還能怎樣？

這夜她閉上眼，作了一個和族人昔日生活的美夢。

她不想醒。

她張開眼睛，只是一天之差，感覺已過了幾十年，她的身體像給注進鐵液，沉重不已。

起了床，雅容已在一邊等著，一切功夫都由她服侍，不消一會兒，旋月已梳洗完，穿好新的衣裳了。

「只有這個顏色嗎？」看著粉黃色的衣服，旋月覺得不合襯。心情得和外表相合。

「不是的，今早皇上送了很多不同的衣服來，奴婢這就拿過來。」放眼望去，只有一件最合心。

「我要黑色的那件。」這是旋族中代表哀悼的顏色。

雅容有點驚訝。

「怎麼了？」旋月疑惑。

「回娘娘，皇后娘娘…她不喜歡黑色，她喜歡白色或淡色的東西。」

「所以我就得順著她意？」一聽到原來是因為皇后，旋月立刻強悍起來，她不想聽她的意思。

雅容見主子竟這樣有主見，又是害怕又是擔心，從來在宮中，沒有人敢逆皇后的意思。

「我知道你們聽她的話，可我喜歡黑色。」二話不說，旋月自顧自的穿好衣服。

旋月一想到得要除掉皇后，一切才是值得的，她就充滿力量，就算還是很累，她要在見面時得到優勢，令皇后知道她就是來復仇的。

打扮好後，旋月自覺氣質也有所不同，從未把那麼多的飾物放上身，感覺不合適，可為了突顯身份的不同，這些小細節也得駕馭好。

她走出通向東宮的門外，天氣變得更涼，寒意已侵入皇宮，原來昨晚還下了初雪，地上鋪了一層薄薄的積雪，遠眼看去，是白色一片。

皇后最愛的白色。

她踏在雪上，想像自己把她踩在腳下，黑色的身影在白雪上著墨。

頭頂恰恰飛來了一群烏鴉，旋月一抬頭，看見其中一隻烏鴉的羽毛落在地上，她覺得這是好兆頭，因為對皇后來說，這是個壞兆頭。

她經過烏鴉毛，淡然的走著，在白色的雪地上清楚的劃著一道自己的軌跡，一步一步向皇后迫近，烏鴉從天上看著，如同見到同伴在雪上霸道的走著。

到了春蘭宮，皇上皇后和貴妃都在，對於忽然來到的黑影，最先感到威脅自然是敏感的凰皇后，她的臉色從昨天到現在都是慘白的，而此刻臉色和她身穿著的絲白金邊衣服相映成趣。

可對順王來說，旋月這身打扮是驚艷的，黑色如她倔強又冰冷，可又隱隱約約是性感的。

「旋月向皇上，皇后和藍貴妃請安。」

「旋月啊，昨天睡得可好？」

第五章

「回皇上，旋月睡得不錯。」

而手握詔書的侍官此時讀出正式冊封旋月為月妃，雖說地位高，可在只有三人的後宮內，等同是老么，可旋月不擔心，這只是一時的事。

「謝皇上。」

由於接著是早朝，順王也就先行離開了，三個後宮此刻無言以對，尷尬的氛圍籠罩著，作為旁觀者的藍貴妃不知就裡，但為求自保也沒有出聲。

「月妹妹，你今天為什麼選件黑色的新衣來受封呢？」皇后嘗試沉住氣問。

「回皇后娘娘，旋月偏好黑色，只想以最好狀態見各位，所以在顏色上不多考究。」

皇后此時瞥著雅容，不可能作小的沒有提醒主子。

「加上我怕自己駕馭不了淡色系的衣服，和皇后一比，就失色了。」見她會遷怒於雅容，旋月也只好解釋著。

「我只覺黑色不吉祥。不過算了，我也不能控制什麼，本宮累了，你們都退下吧。」

所有人都知道皇后生氣了，可旋月不在乎，她生氣就最好，這只是她的第一步，要還的東西，慢慢清算。

走出春蘭宮，旋月聞到冬天迫近的氣息，春天再來前，她得讓有些人餘生都困在寒冰中。

這是她的季節，她的天下。

第六章

旋月回到宮中，雅容立刻沖好熱茶給她，這個丫頭是細心的。

「娘娘，天氣乍寒還暖，得小心身體。」

女人就是用直覺做人，她相信這個丫頭會對她忠心的，就算她們其實還沒交談什麼。

「雅容，昨天我太累了，也沒時間跟你說話，其實我不想你怕了我，在這深宮中，我能說話的人不多，可我覺得你有種親切的感覺，在沒別人時，你就當我是朋友就好。」

雅容倏的跪下，淚也跟著滑下。

「怎麼了？」旋月一下子嚇著。

「娘娘，雅容不敢跟娘娘做朋友，可只要娘娘願意就可以跟奴婢說，奴婢一定會細心聽，為娘娘解愁。」

旋月笑了，雅容真是有點傻氣，可是這種真心，是難能可貴的。旋月不會想害她，可若要利用她來害人，似乎令人不忍。

「雅容，我知道你是個善良的孩子，我也不想騙你，你的主子不是一個好人，她想復仇，她可能會做出很多不好的事，在你眼中，你可能會受不了。」

雅容一臉茫然，這是什麼一回事。

「如果你想的話，你可以恨我惱我，可我不想你出賣我，這樣我也不會放過你。可是我全族人給皇后滅了，我倖存下來的意義，就是為我的族人報仇，從今開始，我希望你能幫我。」旋月忍住淚水，向一個隨時可以出賣自己的人攤牌，她下了一定賭注。

皇后也深知不能就此坐以待斃，在所有事情水落石出前，她要先發制人。得把所有知情人除掉。

早朝過後，皇后把霍度叫過來，明知道必死無疑，霍度也自然惶恐不已。

「臣參見皇后娘娘。」

「起來吧。」

「臣自知罪該萬死，但求皇后娘娘給小的一條活路，臣若能苟存，必定守口如瓶，從此消失在娘娘眼前。」

「我叫你來不是聽你求情，而是問問，你想怎樣死。」

霍度靜了下來。

「你是個軍人，死也得死得有尊嚴一些，屍體抬出去後，我對外宣稱你得急病而死。在此地，你也有選擇，毒酒或自刎，都不是痛苦的折磨。」說罷已有下人端來酒和劍。

霍度逕自抽了一口氣，死得有尊嚴？對一個要強的男人而言，死在女人手下就是最沒尊嚴的事。

「放心，所有和這事有關聯的人最後也難逃一死，你在九泉之下不是孤單的，至於旋月這個人到最後也會下來陪你，到時你再慢慢找她算帳也不遲，可是你自己色心起，留禍根也不能全怪人啊。」

「霍度一生對皇上皇后忠心耿耿，為國家也算立下不少汗馬功勞，現在能死在娘娘手下，也是榮幸，臣無話可說。」男人最後的尊嚴，把酒一飲而盡，在內裡肝腸寸斷總比把血流在眼前有尊嚴。

死後，淚和血都不輕彈。

皇后舒一口氣，為他，為自己。

「珠兒，等晚上找人把毒酒送到霍府去，一個不留。別的知情人士都一樣，全都傳我意旨，一人賜一杯酒，當作是賞賜他們為此事的傾力付出，事情不要張揚著。」

「是，娘娘。」

現在是分秒必爭，快刀斬亂麻，遲一秒都太危險。

這樣過了一個下午，夜色迫近，皇后坐立不安，只求能聽到令她心安的消息。

只見珠兒一個箭步跑來，神色慌張得很。

「怎麼了？」

「娘娘，事情不妙了，霍府遭人一把火燒了，裡面的人都盡成灰燼，而別的官員都給月妃娘娘宴請去了，說是要和他們打個招呼，現在他們都在秋菊宮裡呢。」

「什麼？」皇后開始驚慌起來。

「立刻擺駕去秋菊宮。」

天又開始著下著微雪，珠兒替皇后撐著傘，在黑夜中，只有在燈籠照到的地方，雪才是白色的。

進到秋菊宮，感覺比外頭暖和得多，可皇后的心是冷的，她有種很強烈很不安的預感。

「皇后娘娘萬福。」

她直視旋月，她的悠然自得和自己的緊張形成強烈對比。

「本想叫人到春蘭宮請娘娘過來，誰知娘娘竟如此快來了。」

「原來你也想請本宮來啊，妹妹一封妃就如此快和各大臣聚頭，會不會太趕了點？應該跟本宮說聲吧。」

「本來也打算先和娘娘說，可在妹妹看來，趕的是姐姐吧，妹妹也是萬般不得已啊。」

二人眼神似是交換了無數暗示。

「皇上駕到，藍貴妃駕到。」

旋月似是想攤牌了吧？皇后臉中的肌肉經不住抽動起來，接下來的事沒有什麼能預計得了。

大家請過安後，氣氛悄然靜了下來。

「月兒啊，怎麼忽然間弄個這樣的宴會呢？你才剛受封不久，應該好好休息，要見朕的臣子也不需這樣急啊。」

「不瞞皇上，臣妾本也不想如此急的，可是我怕過了今晚，在座有很多臣子會突染惡疾而死啊。」

「此話何講？」

「敢問皇上，有沒有發現誰不見了？」

順王環顧四周，本露出不解的神情，可突然他好像真的找不到什麼人似的。

「咦，好像…好像霍將軍不見了對吧？」

「回皇上，正是。而且，臣妾知道他去哪兒了。」

順王一臉疑惑。

雅容此時把一封信呈給了皇上。

「皇上讀畢此信就知道霍將軍去哪兒了。」

皇上拆開信，果然是霍度的字跡。他細讀著，神色漸漸轉變，皇后在身後也漸漸著急起來，臉一陣紅一陣綠的。

等他看完此信，他立時轉向皇后，把信扔過去。

「霍度說的是不是真的？你真的派人滅了旋族？真的叫人害死星兒？」皇上震怒不

已。

皇后立刻跪下。

「皇上，臣妾絕沒做過此等大逆不道，當中必有小人欲加害於我，請皇上明察。」

「加害你？月兒用得著加害你嗎，為了什麼要用整族人的聲譽加害你？若你說你是清白的，叫霍度出來替你說情啊，叫旋族的人出來啊！」

皇后臉色蒼白，不作一聲。

「你說話啊！」皇上大聲一喝。

「皇上，幸好臣妾在皇后對霍將軍下毒手前就安排霍將軍寫下此信，要不然真的死無對證了，還有恰好臣妾想找人救霍將軍的家人時，霍府又失火了，種種事情，相信也是皇后娘娘的佈局，以圖毀屍滅跡。除了霍將軍的親筆信，臣妾還有證人。」旋月追著皇后不放。

「快傳，朕今天定要查清此事。」

「梁大人，張大人，你們有什麼話想說嗎？」旋月高聲喊道，二人碎步著走出來。

「回皇上、娘娘，臣等在幾個月前給皇后娘娘召過去，為她密謀怎樣可以不驚動皇上而又能把旋族的人一網打盡。其後我們決定以向皇上您提出和玉族議和為名，替皇后娘娘滅旋族為實，讓霍度有機會把與玉族相鄰的旋族除掉。」

「豈有此理！你們這些小人居然敢騙朕？你們都不把朕放在眼裡了是吧？」

「皇上息怒！皇上饒命啊！我們只是聽皇后娘娘的旨意，可絕無半點叛逆之心！」

「哼，皇后只是一介女流，朕才是一國之君！若果皇后叫你們殺朕，我看你們也能做得出吧！」

「皇上饒命啊，皇上饒命啊！」

順王氣得不可開交，一方面惱恨自己的君威蕩然無存，一方面又心痛自己的懦弱竟害得心愛的女人丟了性命。

在此時旋月跪了下來，哭著火上加油。

「皇上，臣妾不是想加害任何人，只是滅族之痛實在難以忘懷，加上星姐姐在被皇后處死時還是懷著皇上的骨肉，本來星姐姐想給皇上一個驚喜，不想到最後只有驚沒有喜。皇后娘娘連未來一國之君也能加害，臣妾實在不害而慄。」

順王一聽十分驚訝，心痛的感覺加倍上升，他不竟連心愛的女人和君位保不住，他連自己的孩子也保不住。

「旋月你這個賤人！」皇后哭喊著，她已經如砧板上的肉任人宰割，只是旋月一刀一刀地在她身上拉鋸，不肯一下乾脆地砍死她。

看著旋月毫不畏懼兇猛地瞪著她，心裡竟生了畏意。

順王氣上心頭無計可施，只好一巴掌摑在皇后臉上泄憤，可這一掌更多的是發泄出對自己的不滿和對現實的無力。

「凰兒，我到底有什麼對不起你的？為什麼你連朕的孩子也不放過呢？你回答我啊。」順王的眼中也晃住淚水。

「皇上，你殺了臣妾吧，臣妾這些罪是死一千次也不會夠的了，你讓我下去找星妹妹賠罪吧。」

眾人本以為來赴喜宴，卻聽到這等大事，通通都不敢吭聲。

「來人，先把張傳、梁銘中二人關進大牢聽候發落，皇后先關進冷宮，朕今天累了，明日再作處理。施隆仁，你替朕再查查有沒有和此事相關的人，所有男的女的明日替我一併捉來，跟張、梁二人說好了，一切坦白從寬，抗拒從嚴！」

旋月聽著順王還是不肯立刻處死有關的人，就知他太過仁慈，心中大有不甘，皇后一天不死，她也嚥不下這口氣。

順王緩緩走到旋月跟前，溫柔地說著：

「月兒，你受委屈了，朕一定會還你一個公道，你先起來，今晚好好休息。」

「皇上，我知道你和皇后鶼鰈情深，臣妾也不敢說什麼，但只求皇上能還我們全族和星姐姐一個公道就好。」旋月不想迫順王，但只怕會有後患。

「朕知道了。」他緊緊握住她冰冷的手。

所有人隨著鬧劇落幕都漸漸散去，「秋菊宮」回復一片平靜。

雅容端來一碗熱茶。

旋月端著，這才感覺到一點暖意。

「娘娘辛苦了。」

「事情都安頓好了嗎？」她呷一口熱茶。

第一次跟著主子就要替她出生入死，若她稍有差池，害到的就是旋月，可旋月除了她，也無人可依賴。

「安頓好了，霍三夫人已照娘娘意思找人護送了她回娘家附近，也給了點銀子讓她安身，霍三夫人也答應了從此改名換姓，所生的孩子也不會姓霍。而霍府其他人也都⋯全部藏身火海了，霍二夫人在臨死前，遵照您的意思，把她綁在柱上，封住她的嘴巴，摑了兩巴掌，聽說她沒放火前已咬舌自盡了。還有當初替娘娘安排表演的士兵，命是留了，他們也聽話地自宮了，遲點換了身份可能送進宮做太監。」

一切和霍府有關的往事都隨火燒掉，她不想有人再提起這件事。而所有人的安排，曾經對她好的壞的，都處理得愛恨分明，一絲不差。

她怕負了對她好的人，更怕放過對她壞的人。

「真是做得有條不紊啊！霍三夫人懷了孕，怎說也不能一屍兩命，而她在霍府沒特別做讓我討厭的事，也就算了。加上要不是用此來打動霍度，他也不肯寫下那封信吧，做男人的，也想保住個後代，我對他也算仁至義盡了。霍二夫人卻死剩一張嘴，整天只懂瞧不起人，其實只是個可憐蟲，咬舌自盡，這樣的下場對她是最好的了，希望她下一輩子不要再做長舌婦。還有那兩個男人，真不知該感謝他們還是怪責他們，不過反正給查出也是得死，倒不如乖乖做個太監，也叫有錢能孝敬父母。」

「是的。」

「雅容，你覺不覺得我很殘忍？」

「娘娘你這樣做定有你的原因，別人都不是你，不會明白你的心情，雅容能做的，就是替娘娘完成你的心願，我不會問，也不會評論。」

「是不是應該稱讚你通情達理呢？作為一個善良的女孩，要替一個主子做出如此多殘忍的事，不是人人受得起。不過，我相信你，你是一個會對我好的人，如同是上天補償給我的一顆幸運星。」忽然想起和善單純的族人們，旋月流下感觸的淚。

「娘娘，別哭了。」

「往後在宮裡可能會有很多我的閒言閒語，可是只要你還相信我，我就不怕會有什麼風浪。」

主僕二人相擁而哭，進宮不久，她們就要共同渡過第一個難關，幸好，叫做成功了。

第二天中午，順王把旋月給叫來聽從判決，所有相關人士都處以死刑，主謀數位必須抄家。而且旋族將得到貴族封位，而且也會進行風光厚葬，所有人得以立回墓碑，以慰所有往生者，他們的土地就歸旋月所有。

旋月安靜地聽著，沒有一絲情緒，因為這些雖是她想完成的，可都不是她最想知道的，她想知道的，是最大的幕後主使者的命運。

「至於皇后……」順王還未把話說完，忽然一名侍衛莫知勇衝了出來跪地求情，而由於皇后出身貴族，她那一族人當然也反對任何死刑。

「莫知勇，我能明白鳳族人對皇后的求情，可你又是怎麼一回事？」

「回皇上，小人只是一介勇夫，和皇后娘娘無所瓜葛，可只是當年小的一家受饑荒所迫，得皇后娘娘賜予食物清水，著實如再生父母，無以回報。現在見皇后娘娘身陷囹圄，只想盡點綿力，為她求情。」

「原來如此，皇后雖做盡極盡殘忍之事，可朕也明白她本性不壞，只好因善妒惹事，所以我也沒打算判她死刑，畢竟多年夫妻，怎也有情有義。所以就留她一命吧，一直只能留在冷宮，至於她在內的生活或離開之期，我就交給月兒決定吧。」

旋月一聽皇后性命得保，已是臉色一沉，可為了表現大方，只好表示感謝。

「謝皇上，皇上英明。」她強顏歡笑。

眾人附和。

順王總算叫了了件心頭大事。

「後宮不能一日無主，從今天起，藍貴妃會成為皇后，而月妃則升為旋貴妃，當是對他們族人的一種致意，畢竟是這麼多年來，第一個旋貴妃啊。唉，朕為了後宮之事已經感到身心疲倦，所以決定了明天起到『悠遊山莊』休息三個月，關乎國家重大之事才許稟告，其他事由廖丞相代為處理。」

旋月覺得順王真是無用，面對問題只會落跑，怕只怕這個國家總有一天也會敗在他的手上。

不過既然皇后在冷宮的一切都由她決定，她就有方法令她生不如死。

「皇上，月兒有一事相求。」

「你說。」

「記得我方才向你提過吧，當初我能從滅族之禍中逃出生天，全因霍將軍的手下段首領的英勇，所以除了想你放他一馬，還想你封他做御前大將軍，保護我們的安全，還有閒時替我看守著冷宮。」

「好吧，其實今日一切能真相大白都是因為他救了你出來，所以就依你說的辦吧，只要你高興就好，朕欠你們旋族的，著實太多了。」

「謝皇上。」這下她由心地笑了。

幸好順王心眼不多，能把段無慮弄回身邊，是她第二件最想做的事。

她第一時間傳他進宮，見著他緩緩進入，又旁若無人，她跑了過去擁抱他。

「我好想你。」她幾乎又哭了，雙手緊緊的環抱他。

他沒有回話，只是輕輕的拍了她的背。

她慢慢鬆開，見他堅定蒼涼的眼神，她好像意會到什麼。

他徐徐跪下。

「臣段無慮向旋貴妃請安。」

旋月有點惶恐，他應該都聽說了吧，可能在他心中，她早已為了復仇而變得陌生了，變得不可接近，所以他以一種陌生的姿態在回應。

在一切尚未平息前，他們要保持距離，這對任何一方來說，都是好事。

「起來吧。」她語氣立刻冷漠道。

她慢慢意識到，要和他永遠在一起，她還有很長的路要走，她要忍耐，一定要忍耐。

可旋月只是覺得，她的心沒變，可他卻因為她變殘忍了了，所以對她冷漠了，不再喜歡她了。

他也明白，就算他心裡為了她的轉變而多心疼也不能表現出來，因為要救她出宮，一定要忍耐。

二人有默契地，在此刻把心中的愛，好好地收起來，為了以後，可能的永遠。

「本宮叫你來，是想向你交待一下差事。」她坐回原位，擺出貴妃的威嚴，直直地望著他。

第七章

不可以讓她睡在床上。

不可以讓她吃得飽足。

不可以讓她活得清醒。

這是旋月對看守冷宮裡的那隻落魄鳳凰的下人們下的指令，其他的事她不理，只要求他們做好這三件事。頭兩件事易辦，而第三件事，就放任他們自由，只要是蹂躪鳳凰，讓她發瘋，可不能弄死她，要讓她活得一塌糊塗，就是做到第三點。由於這位前皇后以前待下人刻薄，所以大家一聽到能對她任意糟塌都感到興奮。最基本打的打、罵的罵，有些人不給她去方便，害她撒完尿要自己清理，也有人迫她用鹽水洗澡，讓她傷口無法康復，又腐爛。

一開始冷宮還會傳出她的叫聲，可慢慢這種聲音也沒了，據說是因為瘋了，所以連聲音也叫不出來了。

而旋月也不會打聽她好不好，因為她知道，誰造的孽，要她自己來還，活著不一定是好過一點的選擇。

由於皇上把決定權給了她，所以任何人求情，她也不會理會。所謂的藍皇后，也無從入手，只好少說話，免得捲入是非。

一開始還有人替鳳凰求情，可慢慢人們對她失去了關心，她也每天困在冷宮，無法逃脫，天氣轉冷了，冬天來了，可也不及冷宮的寒意。

而段無慮就負責深夜守著冷宮門口，不讓任何人嘗試把她救走，因為他是旋月最信任的人。

不是沒有人想救她，只是來來去去只有他一人。

「又是你？」段無慮捉住黑衣人冷言道。

「快兩個月了，你來了十次了，每次都讓我捉到，你有沒有練好功夫？」

黑衣人脫下面罩，是莫知勇。

「段將軍，你也是有情有義之人，你懂我，就請你行行好吧，讓我救她出去。若我能救她，你要我做什麼，我都願意！」

這兩個月以來，段無慮之所以沒把莫知勇供出來，全因他的真心真情，兩個大男人聊開了，竟是同是天涯淪落人。

因相信對方是義氣之士，所以也放心吐出心中情，段無慮自從進了宮，晚晚在冷宮當值時都在喝酒，雖說舉杯不能消愁，可也沒別的法子壓抑著自己的心酸，難得有人相陪，幾杯下肚，什麼真言也裝不住了。

他深愛著旋月，也心痛自己當初想的一個下策讓她走上復仇之路，整個人迫著變得倔強狠心，她雖給人暗評殘暴記仇，可只有他明白她，不怪她，她心裡的願望都只是想做個能和心愛的人一直跳著舞唱著歌的逍遙生活的女孩，可當初只有復仇能讓她有勇氣生存下去。他無法釋懷，可他的心痛和深愛一直成了他痛苦的根源，所以他也在受著自己種的苦果。

他也是一個見證著心愛的人墜落的苦命人。從小出身寒苦，十八歲那年全家遭遇饑荒，幸得前皇后一家出手相救，當中只有十七歲的鳳凰長得又標緻又動人，而且是個未諳世事的小姑娘，在她和哥哥親自來送食物的時候，二人已互有好感，可年少不懂世事，最後未有開花結果。三年後她給迫著嫁給她不喜歡的人，成為家族的籌碼，雖做了皇后，可一點都不快樂，慢慢變得自私善妒，學會攻心計。而他只能進宮當個侍衛守護著他，可桃花依舊，人面全非，加上一次意外，他在救她時弄傷了臉，雖不致毀容，可她已經完全認不得他了。為了她，他連名字也改了，原本叫莫只勇，意則父親想他不要事事只有個勇字，要小心行事，可當他決意要保護鳳凰時，他除了勇氣，什麼都可以不要，這樣一來已經十三年了。

兩個真情真意的大男人互訴心事後，都只能慨歎世事無常，他為了她，必須好好守著冷宮，而他為了她，也必須闖進冷宮。

為了找平衡點，他大膽地放生了他兩次，讓他進去看看她。

「莫兄，我尊敬你敬佩你，可我也不可以再傷害我愛的人，我可以讓你看她，可我絕不能讓你救她出去，你要明白前皇后對旋月造成的傷害。」

「我明白，不如你嘗試跟旋貴妃說說，你要她來看看凰兒已經成什麼樣了好嗎？凰兒已經認不出人了，又說不出話了，她連眼淚都快流不出來了，我第一次看她，她認出我後，還會抱著我哭，上次我進去，她又瘦了，傷痕又多了，雙腳都廢了，我靠近她，她也不認得我了，我只能靜靜地伴著她，我真的很心痛很心痛，你們連讓她死的機會也奪取了，她已經是個廢人了，對旋貴妃再沒威脅的了，我只求讓她好好過餘生，帶她回她的故鄉陪她而已。」莫知勇跪在地上痛哭著，要讓他這樣的崩潰，怕也只是為了心愛的人才能這樣。

「莫兄，你別這樣。」

「我向你叩頭了，兄弟啊！」他老實地叩著頭，冰冷的地上，漸漸滲出鮮紅。

「莫兄，我試著說說，你先進去看她吧，別這樣，我受不起。」

「兄弟啊，陪我一起進去，看看凰兒，你也有惻隱之心，你會懂的。」

他們走進冷宮，彷如一踏進門檻，溫度也低了許多。

段無慮從未走進這兒，今日一見，也覺這兒和地獄唯一的不同，只是這間地獄立於人間最豪華的一角。

他們推門而入，瑟縮在角落的鳳凰聽到推門聲，下意識覺得有危險，整個人縮得更緊，段無慮幾乎認不出她來，當日曾是百鳥之后的她，今日竟落魄可憐如此。

「凰兒，是我啊，知勇啊。」莫知勇示意叫段無慮不要走近，他自己一人前進就好。

鳳凰抬起頭，似是認得又不認得，只是愣愣地看著莫知勇。

「上次已經發現她左耳已經聽不見了，所以說話要往她右邊說。」莫知勇走到她右邊。

「他不是壞人。」他指一指段無慮。

鳳凰把頭別過去看著莫知勇，縱然全身是傷，可一雙水汪汪的眼睛和十多年前一樣讓人心疼。

她把手緩緩抬起，似是像觸摸莫知勇的臉。

「凰兒，你認得我了嗎？」他笑著。

鳳凰口開合著，似是像說話，可又發不出聲音。

「你想說什麼？」他把耳朵湊近。

只聽得出她吐出幾近氣音的一字。

「爹…」

莫知勇淚再次落下，她還會認得他嗎？這已經不重要，可是他真的想把她救出去，至少在她還能發音前，可以親自到她爹娘的墳前，喊聲「爹」和「娘」。

他緊抱住她，說了句：

「凰兒，爹在這。」然後又沒入無聲的痛哭裡。

看在眼裡的段無慮也默然流淚，何謂「生不如死」，可能就是如此。

等快破曉，莫知勇也要走了。

「無慮，此事我就拜託你了，替我跟旋貴妃說說好，她只聽你的了。另外，其實還有一事，藍金族和鳳族為首的軍隊現在密謀兵變，希望等順王回來後，迫他交出權位，我已經歸順於他們旗下，待兵變一完事，就和凰兒退隱生活。我希望你也能支持此事，我們心愛的女人變成這樣，不多不少也是因為他的懦弱無用，我想你也希望可以早日和旋月在一起吧。只要你救出鳳凰，我再跟他們說，你就能得到他們信任，而且憑你的智謀，在軍中必能成大事。」

一聽到「兵變」，一直冷靜非常的段無慮也慌張起來，他雖討厭順王迂腐，可不致於要推翻他啊，他一直恪守忠心，真的一刻也沒想過「兵變」。

「我是信任你才跟你說，你自己衡量吧，我不迫你。可現在形勢如何，你應很清楚，我們以不流血為首要，若非必要，我們也不會輕易動武，所以為國為民，在公在私，我懇請你慎重考慮此事，有任何答覆，我七日後再找你確定。」

「好吧，你讓我好好想想。」

事關重大，可又無法和任何人商量，這種難受實在非言語可形容，可目前他還要為前皇后求情，這事是比較可行和迫切的。

過了一個下午，他決定前往「冬梅宮」，皇后的「春蘭宮」空置後，藍皇后也未搬進去，而旋月則主動要求搬去「冬梅宮」，北宮一直冷清，可因為現在後宮最得勢的人住了進去，一下子就成了正宮一樣。

只見旋月一人定定地站在宮門前，似望著日落。她的背影看起來瘦削了不少，在越來越華貴的外衣和頭飾下，她只顯得越來越孤清。

「臣段無慮參見旋貴妃娘娘。」

她沒有轉過身來，依然是定定地看著夕陽，凝望她渴望的遠方。

她已經學會不再輕易因什麼而蠢動，又是他教會她的，她變得沉著而成熟了一點，他的心也隨著這份沉默而抽痛。

她看起來如此跪弱。

「臣有事相求。」

聽到他有事「求」她，她眉頭一皺。

「求我？有什麼事需要勞煩將軍你來求我？」她漠然回應。

她不安，這些日子他沒事根本不會找她，像是她死了他也不關心，現在有事求她，怎教她安心？

「臣求貴妃娘娘能逐前皇后出宮。」

逐前皇后出宮不就等於放她走？

她終於轉過頭來，這句話觸動了她的神經。

「為什麼？守著冷宮久了愛上她了嗎，替她可憐了嗎？」她比方才激動。

他把莫知勇和鳳凰的故事告訴了旋月，只換得她的一聲冷笑。

「他既然這樣愛她，我就給他一個機會殺了她，這樣鳳凰不就自由了嗎？」現在多麼動人的愛情在旋月心上已變荒涼，如同她最愛的人對他的態度一樣，已絕情如此，她又憑什麼替別人熱心？

「你怎麼就這樣殘忍？她已經失心瘋了，難道這樣的懲罰還不夠嗎？」他經歷昨夜的折騰，宿醉未清，現在又好像諸事不順，語氣重了起來，還整個站了起來。

旋月怔了一下，他從來沒有這樣說過她。

段無慮也給自己的話嚇到，不敢再出聲。

「她身上看得見的傷痕就叫傷痕，就值得可憐，我披上了華衣美服難道就代表我安然無恙了嗎？我心裡的千瘡百孔你看得到嗎？你懂嗎？你憑什麼這樣對我說話？」她眼中忍住委屈的眼淚。

旋月接受不了連段無慮也對她不滿了，她以為他懂，她以為就算全世界都指責她，只要他還相信她，就一切都無所謂了。誰知連他也這樣指責她，此刻她的心真的碎了。

「我不是這個意思……」他想試著解釋，可見她如此傷心，他也慌了。

第七章

「你閉嘴，我是貴妃，你只是一個將軍，你知不知道你剛才一句話我已經可以把你拖出去斬了？」

段無慮再次下跪，不再說話，他知道這一次，他過份了，她也真的生氣了。

「你給我滾下去，我不想再見到你。」她大吼。

段無慮抬頭和她對望，她眼中盡是說不清的痛苦哀傷，他看的很清楚，這眼裡閃過一絲絕望。

「臣先行告退。」

他回到房間，又是一醒接一醒的灌著，他整個腦子裡都是她絕望看著他的眼睛。

旋月攤坐在地上，眼睛轉著眼淚，卻掉不出來，雅容立刻趕到扶她。

「娘娘怎麼了？不舒服嗎？要不要叫御醫？」

「不用了，雅容，我想去一趟冷宮。」

「冷宮？」

「對。」

二人走到冷宮，本來在捉弄著鳳凰的下人們都立刻四散，餘下正中的一隻驚弓之鳥。

她慢慢走近，鳳凰像是有意識一樣，想快點爬走，可手又無力，頓失所依。她已經是一個沒了翅膀的殘鳥，可至少還有大樹肯保護她。

「姐姐，好久不見，妹妹差點認不出你來了。」

鳳凰不敢直視旋月，她只是感到莫名惶恐，眼淚鼻涕什麼都給嚇出來了，就像個不懂自控的小孩子。

旋月一巴掌摑在她臉上。

「這一巴掌我一直沒打，今日我代我的族人要你討。」

她再摑她一巴掌。

「這一巴掌是我替旋星和她的孩子打你的。」

鳳凰只是不停的流眼淚，她連是誰要她還債，也已經想不出，認不得了。怕是下了地獄，也無法回話吧。

「你實在欠我太多太多了，可至少，你還有一個對你死心塌地的男人，有這麼一刻，我居然羨慕你這個賤人了。你現在愛的人又認不得，恨的人也認不得，可能是種福氣吧，我就讓你一路好走。來人啊，把前皇后鳳凰給逐出宮，永生永世不能再回皇宮，還有，找人把她從後宮典冊中除名，從今開始，不許再提起這個人。」

對於旋月忽然的決定，下人們都感到詫異，可也只能照辦。

「你們要是敢在背後是非一句，本宮會讓你們活得比她更難受。」

「奴才們遵命。」

「還有，派人跟段將軍說，今晚不用來了，冷宮已經空了。」

她的心也空了。為了他一句話，她還是聽話地做了，可他對她造成的傷害，是不可收拾的，因為就算癒合，也會有著傷疤。

對於這個世界，她只是越來越絕望，越來越絕望而已。

難怪會喜歡上路過的烏鴉。

段無慮收到消息後，心中一絲歡喜也沒有，反而心中的痛苦加劇萬分，誰都不想變，只是不變也許就走不下去，她的心，始終都在掙扎中向著他，可他無法用往昔的溫柔回應。

他知道莫知勇一定很快樂，他也知道一定有人覺得旋月就會聽他話，覺得他有心靠攏兵變一方，可只有他知道，這次成功的代價有多大。

不過，他也想通了，既然如此，不如順水推舟，幫助策動兵變，這樣他能更快救出旋月，更快地跟她回到從前快樂的時光。為了她，還是值得一搏，而且順王的無用已令民怨沸騰，他不能盲目愚忠，種種因素都勸說著他，於是他也做了決定。

成功把鳳凰接出宮後，他馬上和莫知勇會合。

「謝謝你，好兄弟。」莫知勇一見他就下跪叩頭了。

「別客氣，莫兄，快起。」

「我知道這絕不容易，我是真的很感謝你，我會好好看著她，不會讓她有機會再傷旋貴妃的，可我相信，你一場到來，應該還有好消息吧。」

「對，我決定加入你們了。」

「真的嗎?來，我帶你來秘密陣營去看看，你確定只有你一人?」

「是的。」

去到隱敝的一道軍營，見到代表鳳營的鳳傑統帥還有藍皇后的哥哥，藍為中，還有幾位他們的幕後軍師。

雙方見了面後，藍為中直入主題。

「段兄弟，我知道你成功地救出了鳳凰，也聽聞了你和旋貴妃的事，我想你也知道，現在我妹的處境也很危險，旋貴妃復仇心強，雖然我妹不愛惹是生非，可難免會成為旋貴妃的眼中釘，我希望你為表誠意，能把她也救出來，讓旋月順勢成為皇后，獨領後宮，到時我們兵變成功了，她也會歸你所有。」

真是一波未平一波又起，段無慮臉露難色。

「我知道你愛著她，可現在唯一的方法是待順王從『悠遊山莊』回來後，不流一滴血地完成兵變，到時我們都能各取所需，不是嗎?」

「好聽的話大家都會說，我不是介意流血，我介意的是讓我愛的人再受傷害。」

「這點我懂的。其實我已有了個方案，現在不便透露太多，請段兄弟先回去，我稍後定再和你聯絡。」

第八章

回到宮中已是夜晚，段無慮渾然覺得全身的擔子重了許多，這樣安靜的晚上在一個月後，還是這樣的嗎？

他踱步走到「冬梅宮」，燈還未關，他鼓起勇氣，希望在一切在還未發生前見一見她。

「娘娘，段將軍在外求見。」

「不是說了不想見他嗎？」

「那奴婢替娘娘傳話。」

「娘娘說不想見你。」

「不要緊，我在這裡跪著，跪到她出來為止。」

「段將軍，外頭冷，你還是不要跪吧，等娘娘消了氣再說。」

段無慮就這樣跪著，不再說話，外頭也下著的細雪漸漸變大。

「娘娘，段將軍說他會在外頭跪到你出去為止。」

「神經病，由他跪去。」

旋月把自己關在房間，看著外頭越下越大的雪，她只想早點入睡，她不想再想外頭跪著的這個男人是想做什麼，她的心已經累了。

下了一個晚上的大雪，到清早終於停了，雅容在掃雪時看見段將軍依然在跪著，就連忙通傳。

「娘娘，段將軍還在跪著呢，你去看看他吧，這樣跪了一天，淋了一夜的雪，肯定會病的。」

旋月狠不下心，所以還是出去看他。

他五官過了一夜都蓋著細雪，鼻頭紅紅地，可他依然是那個他，至少她這樣告訴著自己。

她蹲下替他擦去臉上的雪。

「難道你就不會用一些聰明一點的方法哄我嗎？」她語氣回復往昔的溫柔。

「我就只會做蠢事，說蠢話，所以才會激怒你，可你別生氣好嗎？我還是如同往昔一樣愛你，一樣的疼你。」

他用力的抱著她，想用行動證明著自己的真心。

「你說的話我都相信。」她笑著，苦笑著，冷笑著，嘲笑著。

段無慮這下才叫放下心來。

回到房間，他全身都在發熱，怕是染了風寒了，段無慮此刻只想好好地睡一覺。

第八章

第二天一早，他全身都疫軟無力，卻遭敲門聲吵醒了。藍為中差人送了信來，在迷糊中，段無慮還是給信中內容給嚇倒。

他不可能做得出這種事，他不可以做出這種事。

與此同時，雅容也到訪了他的房間，手裡捧著熱湯。

「段將軍，這熱湯是娘娘替您準備的，她說你在外頭淋了一整晚雪，怕你生病，所以特意要我來送湯，希望您安好。」

他看著冒著煙的熱湯，實在說不出話來，他心裡正交織著複雜的情緒，而又無法和任何人表達。

「替我謝謝娘娘。」他只簡單地回了一句。

他捧著熱湯，再把信中的內容閱讀一次，為了一絲的希望，為了和她有未來，他決定了。

他把熱湯一飲而盡，空空的碗裡好像還能看得見飄煙。

「娘娘，雅容有事相告。」

「什麼事？」旋月見雅容神色不妥，心中有點不安。

「有人告訴奴婢，段將軍這幾天不停出入藍皇后的宮中。」

旋月心中一沉，他在玩什麼把戲？

「有沒有人知道所為何事?」

「他們都不太清楚，只是知道段將軍通常下午就會進去，深夜才出來，而且還經常喝得爛醉。」

旋月大惑不解，他們二人是怎麼交往起來，當中必然有詐。

「立刻替我擺駕，本宮要查個明白。」

當旋月等人到達「夏荷宮」，門外的侍衛顯得大為緊張。

「馬上給本宮通報進去，本宮有事請教皇后娘娘。」

「奴才遵命。」

侍衛跑了進去，可是隔了許久也還未出來。

「這是反了嗎?本宮的話也不聽，那麼我們這就衝進去了。」

旋月不理有人阻欄，一下子推開了大門，映入眼簾的是衣衫不整的一對男女。男的還壓在女的身上，行為大膽。

旋月身邊的宮女都害羞的遮住眼睛。

旋月認得出，男的是段無慮，女的正是藍皇后。

本來風馬牛不相及的二人竟然如此公然地在宮中苟且，旋月除了發愣和錯愕，也給不出別的反應。

她必須知道這是怎樣一回事。

藍皇后嚇得立刻把身邊的外衣捉來遮體，推開了段無慮。段無慮顯然是喝了酒，重心不穩，跌坐在地上。

「旋妹妹，來了也不說一聲。」藍皇后緩緩走近旋月。

「皇后娘娘怕是玩得太開心了，聽不到通傳吧。」

「旋妹妹，你聽我說⋯⋯」等不及她說話，旋月就一巴掌打了在她臉上。

「還有什麼好說？事實已擺在眼前，皇后作為國母，居然趁著皇上不在，公然和大臣私通，還旁若無人地在正殿玩樂，敗壞道德，皇后可是要吃了熊心豹子膽才做得出此事吧？」

「旋妹妹，事到如今，我也知道瞞不了你了，你要怎樣處理我也可以，可是你放過無慮吧。」這樣一來，就等於承認姦情。

「無慮？你可叫得真親切。此事要是告知皇上，你們二人都得死！皇后，你一向潔身自愛，怎麼突然之間變得這樣糊塗了？我勸你想清楚。」

藍皇后只是跪在地上痛哭著，沒有再說話。

此時，段無慮腳步晃搖地走近。

「娘娘，此事由臣一力承擔，請娘娘放過皇后！」他也跪在地上。

旋月無法相信眼前景象，明明幾天前他還跪在風雪中求她原諒，轉個眼他竟又跪著為別的女人求情，這是什麼葫蘆賣什麼藥？

「段將軍，本宮一向敬重你，我不相信你會做出這樣的事，你們是否有什麼陰謀瞞著本宮？」

「回娘娘，臣和皇后之間是真情真意，絕無陰謀，情之所至，也顧不了什麼禁忌珈鎖，只想和所愛的人在一起。臣懇求娘娘放過皇后娘娘，若要治罪，臣願意一力承擔。」

旋月思緒如同被西風狂掃的落葉，根本找不到方向，也找不到落腳點。她倔強的眼眸開始泛紅。

「你知不知道，你在這兒說的話，有多少雙耳朵會聽見？本宮再給你一次機會，你把話說清楚。不論你說什麼，本宮都會相信，所有人都會作證。」

段無慮抬頭直視著旋月，他知道她就算多不願相信，她也會選擇相信他的話，他看見她眼神裡的不安和難堪。

「娘娘，就算你讓臣再說多少次，有多少人在，臣也不會改變所言。」

旋月蹲了下來，她看著段無慮那雙不會說謊的眼睛。

「我只要你再答我一句，你愛的是她？你要記住，你說的話我都相信，我都當真。」

她輕聲地說，她全身已禁不在抽動著。

段無慮的嘴唇抖動了一下。

「回娘娘，是的，我愛的是她。」他堅定的讓她懼怕。

旋月是多想能一巴掌摑下去，可是她只能感受到全身湧上來的無力感，彷似只差一點，她就會整個毀掉。

她眼角的淚忍不住掉了下來，可是她只能流一滴淚，流給這個男人看，別的人都不可以知道。

她搞不清楚他想怎樣了，她也不想搞清楚了，這一次，是她給予他最後一次的信任，他想怎樣，她都成全。

「言下之意，將軍寧為美人捨棄所有？」

段無慮沈默了。

旋月目無表情地站了起來。

「本宮讓你們走，這樣好嗎？」她語氣異常溫柔。

所有人都訝異了。

「這是後宮的事，既然皇后有錯，那麼本宮就有權干涉，皇上又不在，所以本宮今日的決定就是最後的決定，所有人不得異議，知道嗎？」她嚴肅地看著所有在場的人，沒有人敢說半句話。

「本宮樂意成人之美……」她刻意彎身對著段無慮和藍皇后淺笑，「可唯一的條件是你們從此不要再出現在本宮眼前，不要再出現皇宮裡！」她語氣攝人。

「還不走？」她見沒有人敢移動，忽然大喝一聲。

「啊，不是，這兒是姐姐你的地方，該走的是妹妹啊，你慢慢來，別急，妹妹總會給你時間把要帶走都帶走。」她輕輕托了藍皇后的下巴一下，就轉過身去。

「今兒的事，若有人敢對任何人，包括皇上，說出去半句，本宮保證你會死得很難看！」

旋月再也沒有回頭，身邊的宮女也隨她走出「夏荷宮」，一場鬧劇後，所有人都覺得，沉默是最好的回應。

「謝謝你。」藍寶兒只是含著淚，默默地對段無慮說了這一句話。

「他們走了嗎？」旋月攤坐在床上，說了一整個下午以來第一句話。

「走了，據說沒帶什麼行裝就走了。」雅容回道。

「走了就得了，兩個人能在一起，擁有什麼也不要緊了。」

「娘娘，你還好嗎？」

「記著，對外的口吻也統一，說藍皇后得了致命的傳染病，必須出宮隔離，而段無慮則是因不守軍紀而給我逐出宮外。傳到皇上耳中的，也得是同一訊息。」

「一切已經照娘娘的意思辦妥，在場的人都特別交代了，若有人泄露一句，奴婢會替娘娘處理好。」

「還有傳我命令，沒我允許，任何人不得入內，我不想見到任何人，任何人！」

「奴婢遵命。」

旋月沒再說話。

「娘娘，你要不要吃點東西，喝點水或者…或者哭一場？這樣會比憋著不說話好一點的。」雅容十分擔心主子的情況，她從未見過旋月如此落魄。

「娘娘…」

旋月只是直愣愣地看看前方，可毫無焦點。

「娘娘，奴婢知道你一定很傷心的，你好好哭一場吧，不要嚇奴婢。」

「我沒有傷心。能錯過的人都是錯的人，我又怎會為了一個錯的人傷心呢？我只是累了，雅容，我只是累了。我連傷心或不傷心的力氣都沒有了，你下去吧，我要一個人靜一下。」

「奴婢遵命。」看著主子這樣，雅容也流淚了。她也許不能完全理解這種情緒，可她能想像，當所愛的人或事，一次又一次傷害著自己，是如何地錐心。

旋月的思緒已經像給吹亂後的葉子一樣，艱難地攤在地上。整個人好像給毫無保留地剝去了依附在她身上的情感，她也以為她會大哭，可是她沒有，她不想，她不需要。

此刻，她無比的清醒，也無比的疲憊，她很想就此一睡不起，可她知道，她知道，她還要撐多一陣子，只要多一陣子。

第九章

宮中只是變得異常地平靜，所有人都覺得日子比平常更加如常。

順王終於自「悠遊山莊」回宮，雖說過得逍遙自在，可他也已聽聞著，短短數月，他的皇后，他的貴妃，好像都走光了。

他不是不想搞清楚箇中因由，只是打從旋月進宮一刻，順王也好像意識到這個女子也許沒想像中簡單，如今宮中只有餘她一人，好像是意料中事。或許，比起要去求知真相，他寧願選擇糊塗下去。

「旋貴妃呢？」

「回皇上，娘娘一直都待在『冬梅宮』裡，這段時間都沒怎麼出過來。」

「替朕擺駕到旋貴妃那兒。」

旋月其實已經知道順王回來了，不過無論是怎樣的理由，她就是不想親自出迎他，可她知道，他總是會找上門來。

「娘娘，皇上已經到了『冬梅宮』門前。」

旋月自從趕走了藍貴妃後，一直吃得不多，說得不多，走得也不多，整個人瘦了一圈。她深深地吸了一口氣，日子過得像跟死掉沒分別，可現在，她又得迫自己活過來。

第九章

「著人備茶設宴，把皇上接進來，說本宮很快出來。」

她走到梳妝枱前，化起妝來，這是近來她第一次上妝。

她變回美艷動人的旋貴妃，出去見順王。

「皇上，臣妾遲了迎駕，罪該萬死。」她頂著嬌嗔的語氣。

順王本以為她在擺架子，可一見她整個消瘦不少，又心疼了起來，埋怨的話都說不出來。

「月兒，你怎麼整個人都消瘦了？看得朕也心痛，怎捨得怪罪你？」

「皇上有所不知，這幾個月，宮中瑣事甚多，臣妾又缺了皇上在身邊，整個人都六神無主，吃不好睡不好，好不容易盼得皇上回來，才叫安下心來。」

「月兒，這幾個月辛苦你了，前皇后和寶兒的事我也有聽說，無論如何，誰是誰非，朕都不想深究了，只要你還在朕身邊就好。從今以後，你就是朕的皇后，朕的唯一。」

「皇上，臣妾這些日子就算多辛苦都值了。」她依著順王，眼中閃著預早要上演的戲碼，順王不可能沒有懷疑，可看到她掉眼淚，這個心軟的男人也會一筆勾銷。

「好了，別哭了，難得我們又團聚了，今晚就不醉不歸！」

二人暢飲一晚上後，宮中似乎又回復了往昔的節奏，順王的回歸對所有人來說都有重要的意義。

旋月掌管後宮後，她沒有刻意張揚些什麼，這只是她預想會做到的一步，只是達到的目的過程是怎樣一回事，也許沒有人會完全預中。

可是成為皇后從來都不是她復仇計劃中的最後一步。

她早已在前一陣子掌握藍為中等人謀算兵變的消息，她也知道段無慮會參與其中，不過，她無法相信，這居然伴隨著和藍寶兒的私情。

她不清楚順王對兵變之事了解有多少，因為身邊的臣子也不知道有多少人已經給收賣，可是為公為私，她對兵變的頭子還是有著深深的不滿，就算沒有勝算，她也想給他們一個好看。

姓鳳的和姓藍的都讓她火大，她本來對那兩個女人已經看不順眼，偏偏他最愛的男人就三番四次地替她們出頭，最後還讓她親手放走了她們。

彷彿為了討好兵變的頭子和取得功名，他可以如此奮不顧身，也可以把她放在毫不重要的位置，一直以來她都深信自己對段無慮非常重要，可原來在江山的別的美人前，她對他的感情只是一個用來利用的工具。

可偏偏，她無法反抗，因為她愛著他，就算無法再留住他，她也想完成他的心願。

她也想完成自己的心願。

段無慮護送藍寶兒出宮後，藍寶兒立刻和兄長會合，難得相見，二人相擁起來。

「段兄弟，這次真的太感謝你了，我妹得以平安出宮，實在是託你的福。我兄妹倆都欠你一條命。」

「藍兄別這樣說，令妹安全就好，我要做的事也做好了。」

「我知道你很難過，待我安頓好寶兒之後，兵變之事也刻不容緩，很快，你就可以和旋姑娘解釋一切，我相信她定會體諒你的。」

「我決定了這樣做，所有的後果我都會承擔，當下我會替藍兄和鳳兄完成你的大事，之後的事，我也不敢去想太多了。」段無慮神色凝重。

「我明白。那兒女私情我們就先擱在一邊，順王已經回朝，這幾天將會是關鍵。到時候我們會從四個方向攻進皇宮，你，我，莫知勇，鳳傑各據一方，不少宮裡士兵已選擇歸降，為免有人生變，我們也得小心行事，到時候你先進後宮救走旋月，我和鳳傑負責捉拿順王，務求他不作武力反抗，莫知勇會在宮外守著，防著有救兵增援。」

「這計劃聽起來好細密，若一切順利，應該一個晚上可以拿下皇宮。」

「對，之後就要他交出兵權，不過這是後話，為防生變，我們應該最快後天晚上會行事。」

「好，我先去打點。」

「這次辛苦你們了！營中有酒，段兄弟若想喝，隨便拿。」

段無慮苦笑以對，轉身走開了。

藍為中知道段無慮心情也壞透了，當初他想出要他和自己妹妹裝作有奸情來求旋月放走他們，其實他也知道是何其危險和難堪的一件事，可是除了段無慮，除了用感情，旋月這女人其實也沒什麼軟肋可以攻擊，為了自己妹妹和大局，他也只得自私一次。

段無慮走進營中，拿起酒就死命地灌，除了灌醉自己，他找不到別的方法去宣泄情緒。幾乎整段路上，睜著眼，閉著眼，他都會想起旋月那一滴絕望的眼淚，她的心碎了，真切的碎了，他又何嘗不是呢？可是除了這樣做，實在沒有辦法讓她相信自己的謊言。

他似乎能感到當他們再相遇時，旋月其實不能原諒他的自作主張，可是所有的後悔都已經太遲，他只能奢求她的愛，能包容這一切無奈。

一杯接著一杯，他的淚水好像在回應他吸入的酒精，一滴一滴的流動著，一出一入地填滿他的哀傷。

當他快要喝到爛醉時，忽然聽到營外有人大叫有刺客，他立刻握著劍出去看看。

數個武功高強的黑衣人偷闖軍營，趁大部份人熟睡時偷襲，他們的目標似乎很清楚，好像一早知道要往哪兒攻擊，一個是鳳傑的帳篷，一個是藍為中的帳篷。

一眾守將亂了套，也不知道能顧著誰。

段無慮立刻追著其中一個黑衣人，黑衣人闖進了藍為中的帳篷，他見後面有人追著他，暗覺可能無法處理掉藍為中，於是對準了藍為中的左眼射出暗器，然後轉個身和段無慮對打，二者武功不相伯仲，可由於開始有更多士兵加入應援，他決定先行自盡，至少傷了目標，按照吩咐，若給捉住，必先自盡。

段無慮見黑衣人已自盡，就跑去看藍為中的傷勢，他左眼中了暗器，怕會致盲，幸好別的地方沒有受傷。

「來者何人，居然偷襲本營，怕是有人知道了我們的計劃，想搞破壞。」

「稟告藍首領，所有黑衣人都選擇了自盡，我們無法問出究竟，可是…可是鳳首領在和黑衣人搏鬥中傷重而死，還有幾個將士受了輕傷。」

「什麼？」藍為中按住流血的眼睛，不敢相信一直堅持的「不流血兵變」居然流下了第一滴血了。

「看來偷襲者有備而來，不打算把我們一網打盡，只想攻擊要脈。」段無慮說道。

「這事一定要查清楚，兵變之事既然有人想從中阻撓，此時我們也無法退縮了，傳我命令，明天早上我們重新部署，明天晚上必定要攻入皇宮！」

「藍兄，我和莫兄先去查看一下附近還有沒有埋伏，鳳兄的事，我們容後再處理。」

「好！我一定不會讓鳳兄弟死得不明不白！來人，叫胡辰來替我療傷。」

段無慮在黑衣人身上搜來搜去都沒有什麼線索，附近也再無可疑埋伏，他和莫知勇都不知什麼人會忽然向他們施襲。

「娘娘，有密報。」旋月接過信函，看了之後只露出一絲笑意。

「娘娘，怎麼了？」雅容有點疑惑。

「沒什麼。對了，皇上是不是來了？」

「是的，在等著娘娘。」

旋月叫所有人都退下，嬌羞地看著順王。

「月兒今天怎麼了？好像心情特別好。」

「皇上，臣妾好久沒有為皇上跳過舞了，是嗎？」

「對啊，朕還記得當初你為朕跳的舞，實在太好看了。」

「想再看嗎？」

「想啊，月兒今晚要為朕跳舞嗎？」

「不是今晚，今晚臣妾想和皇上說說話，不過，臣妾答應皇上，明晚定會為皇上準備驚喜，好嗎？」她嫵媚地笑著。

「好好好！月兒想說什麼話啊？」

「皇上，其實臣妾一直都想知道，皇上是不是把我當作是旋星姐姐的替身呢？」

「幹嘛忽然提起旋星呢？」順王眼中忽然有一絲晃動。

「皇上你答我啊。」旋月開始撒嬌道。

「是不是朕說什麼，你都不會生氣？」

「對啊，當然不會，臣妾沒那麼小器。」

「朕當然愛你，可是要比較的話，還是愛旋星多一點，不過她已經不在了，朕只是想把對她所有的愛都放在你身上。」

「這麼多年了，你都沒變過嗎？」

「月兒啊，我不知道你信不信，男人確實可以很風流，他可以愛上很多女人，甚至玩弄很多女人，可是他心目中，總是有個讓他一生難忘的女人，不論是不是和他走到最後的人。也許對我來說，旋星就是這樣的女子。」

「那當初你知道她死了，你是怎麼想的？」

順王忽然沈默了，他平常總是嬉皮笑臉的，好像怎麼樣也不會動氣，所以這一下子突如其來的安靜讓旋月有點不習慣。

「朕其實很生氣。」他淡淡地道，旋月感受得到他臉上有種她從沒見過的黯淡。「也許所有人都覺得我好欺負吧，可這只是因為我從來沒對什麼東西在乎過，沒有什麼東西我很想擁有，我很想保護。一出生就享盡榮華富貴，要什麼有什麼，還做了皇上，我連整個國家都有了，所以就算你來搶走我這些，我都不會怎麼在乎或生氣，因為我從來沒有為它們爭取過，動過心。」

他停了下來，喝了口酒。

「可旋星不同，她是個很善良很安靜的女孩，一進宮時，她對朕很好，只是我覺得她只是為了服務一個君主才這樣做，她對我沒有愛，只有責任。可是，我卻漸漸真誠地喜歡上她，希望保護她，爭取她的愛，所以我變得主動，變得進取。我第一次想為一個人這麼努力，所以當有人把她從我手上拿走，我是真的很生氣，很傷心。」

「你有怎麼樣保護她嗎？」

「我沒有，這是我朕最後悔的事。月兒，你要討厭我什麼也好，因為我連自己也討厭自己，太久的縱容令我連強悍的基礎都沒有，她就這樣離開了，這絕對是我的錯。她死了之後，我變得更無所謂了，因為再也沒有什麼可以讓我神傷的了，可我得說，你的出現像一種慰藉，像她給我的禮物，我知道她還在守護著我。雖然我知道，你也背負著很重的仇恨，可相信朕，我會好好地對你。」順王臉上閃過一絲喜悅，他是很真切地這樣想著。

旋月心中暗笑，也許沒有之前的一切，她可算是一份禮物，可一個族的滅亡加上許多許多的不如意，旋月早就失去討喜的心思，她只想快點結束這惡夢般的所有，她只想找回一絲往昔的平靜。

「皇上，你想見回旋星嗎？」

「朕作夢也想。」

旋月笑著。

「今晚皇上快點到夢裡去找她吧。」她親吻著順王。

第十章

旋月早上一踏出門外，四周已湧來一陣初春的氣息。寒冬原來已悄然離去，春暖花開，萬物又有了新的氣象。

她好久沒跳舞了，距離上一次快樂地跳舞，已經彷如隔世。

她看著皇宮上下，一屋一牆、一磚一瓦、一草一木、這些順王一出生已經垂手可得的景色和江山，一些他從未想過要珍惜的事物，也許他會有眷戀的一天。

得不到的，留不住的，追不回的，都是美好的，因為他們都在記憶裡不會變了。

「娘娘，你要奴婢找的舞衣找到了。」

「很好。」

她回到房間，瞥著放在桌上的那套她穿著表演給順王的舞衣，還有面具。

她從未忘記過。

她這一條命，她一直欠他的。

「雅容，你覺得我是一個好人嗎？」

「雅容一直跟著娘娘，我一直覺得，娘娘的心，其實是善良的。只是世上有很多善良的心，卻得不到善良的對待。」

「我做了那麼多事，死了之後，我會下地獄嗎？我會見不到我的爹娘嗎？我好想再見到他們，告訴他們，我好想他們，女兒好想回家。」旋月忽然哭紅了眼。

「娘娘，你的爹娘在九泉之下一定會明白你的苦衷的，不要亂想了。」

「雅容，答應我，今晚無論如何，你都得聽我的，好嗎？」

雅容眼神有點閃縮。

「怎麼了，娘娘？」

「答應我就可以。」

旋月開始穿起那套舞衣，梳著妝，盤著髻，臉色平和。

她練起熟悉的舞步，雅容好像看到那個愛跳舞，性格堅強又可愛的少女，而不是疲於心計的皇后。

順王晚上來到「冬梅宮」，桌上早已備好豐盛的酒菜，他盤坐著，為自己倒著酒，旋月說的「驚喜」讓他期待了一整天。

耳邊忽然傳來樂器聲，他知道，旋族的女孩，又要展示絕活了。

看慣衣著成熟華貴的她，彷彿只記得她是皇后，而忘了她也只是在花樣年華中盛開的女孩，她的美好身段和嬌嫩的臉蛋，如同一朵綻放中的牡丹。

還是當初進宮表演的舞衣，還有戴著那神秘的面具，記憶猶新，不過舞步是新的，舞技還是沒有生疏過，果然是天生的舞姬。

他一邊喝著酒一邊觀賞著，若說旋星像天空中閃亮的星星，耀眼奪目，旋月就像皎潔的白月光，冷豔孤高。

最後，旋月緩緩劈開腿，眼神直接看著順王，音樂也隨之結束。

順王熱烈地拍著掌，他走了過去，捧著她的臉端詳，再把面具脫下，原來她在含著淚水。

「怎麼了，月兒？」

「皇上，臣妾太高興了，這是喜極而泣。」

順王緊緊地抱住她，忽然感到血氣攻心，全身劇痛。

「月兒，我…」

「皇上，你終於可以去見星姐姐了。」她的淚水滑過臉龐。

順王口吐鮮血，跪在地上，倒在旋月懷裡。

旋月摸著他的臉，他是個好人，可不代表他沒有做過傷害人的事，他是她仇恨的根源，而她終於能親手殺死他。

他最後看到的，是她和她交錯的畫面，天上的星星從此多了一個伴。

旋月之後把順王平放在床上，他至少死得安詳。

她脫下身上的舞衣，換上黑色的素服，她當初低調地為族人哀悼，而現在，她為族人，為順王，為自己哀悼。

「皇上，娘娘，外頭有人通報，說有兵變，對方正逼近皇宮，皇宮上下已經四散逃走，我們也快走吧。」雅容本來趕著通傳，誰知一進去就看到安躺在床上，已無氣息的順王和異常冷靜的旋月。

「娘娘……」

「雅容，全皇宮的人都走光了嗎？」旋月像是早有預料，一邊問著，一邊往外走。

「差不多了，娘娘，這是怎麼一回事？」

「皇上是我殺的，兵變的人也不會傷害無辜的人，你聽我說，趁他們還沒闖進皇宮，你趕快走吧。」

「娘娘，我不知道到底是怎麼一回事，可你不走，我不走。」

旋月一直向大殿的方向走著，不發一言。當她看到順王的龍位時，才停下來。

「雅容，你要是還聽我這個主子的，就快點離開吧，這是你重獲自由的機會，把貴重的東西都拿一拿，走吧。我要在這裡等人，你別理我。」

「娘娘……」

「我叫你走！」旋月忽然咆哮，瞪大眼睛看著雅容，嚇得雅容往後退了幾步。

「我只是想自己一個人，你給我走！」她再度吼著。

「奴婢遵命。」雅容向著門外退下。

「我要看著你離開正門，快給我去。」

雅容跑著出去，旋月目送著她出了皇宮的正門。

整個皇宮一下子都差不多走光了，冷冷清清的，而早上的春意又已經給不肯罷休的寒意馴服了。

她知道他們的想法一定是不想流血，他們一定會讓無關的人安全離開，要是看到順王，才會急著進攻。

她也知道，他就在外面。

她派人刺殺鳳傑和藍為中是為了私怨，可也是想讓他成為老大；她殺掉順王是為自己，同時也是為了他，如果他是這樣想當皇上，她就成全他，還要把整個皇宮親手拱給他。

她撐著力氣所做的事，是為了自己，也是為了他。

可現在眼看什麼都要完成了，她又驚覺，自己的意義早就虛無了，他的心走了，她又苛求什麼永遠？她的家人，她的愛人，都離她而去了，還有什麼值得依賴了？

她慢慢走向那讓男人們都為之心動的龍椅，坐了下來，原來坐在這裡的感覺可以如此漫不經心，也許順王的每一天都有著這樣的感覺，江山來得輕易，龍椅坐得安穩，又有什麼好擔心的事？外面的人爭啊鬥啊，也不能得到這種輕鬆的感覺，都只因他們在乎。

旋月忽然大笑起來，這些人們真可笑，都在乎著這些權勢，名利，有的沒的。可她更可笑，她只乎一個男人，可到頭來，她什麼都沒有。

她突然悲從中來，眼淚失控地流著，像是終於得到一種釋放，她哭到心也揪在一起，她一幕幕地想起過往，她都懷念的過去。

可是這些都是她得不到的，留不住的，追不回的過往。

她從腰間取出一把匕首，手不停的抖動著，她看著自己的雙腿，這雙用來跳舞，用來走路，陪她走過這段短暫又漫長的道路的腿，她突然覺得它竟是如此可恨，要不是它，可能就不會生出這麼多事端吧。

她看著它，嘴角在抽動著，淚依然在流著，忽然她不假思索地舉起手中的匕首狠狠地往右腿插下去——

「啊——」她痛苦地大叫了一聲，幾乎整個皇宮都響著回音。

旋月因劇痛而跌坐在地上，只用左手支撐著地下，她的右腿一直湧出鮮血。她冷漠地把匕首再拔出來，呆呆地看著被血染了一塊的衣服，眼中的淚水也停止了流動。

多放肆的血遇到了黑色也只能低調著。

「旋月，你知不知道你很吵？」她自言自語道，然後把食指放在嘴前，「噓」了一聲，暗示叫自己閉嘴。

然後她又大笑了起來，笑聲回盪在大殿裡。

突然，她從腰間又掏出了一個小藥瓶，這是方才出來時拿的。

「吃了它，你就不吵了。」她看著倒出來的一顆藥丸，快速地吞下。

然後，她整個人就安靜了下來，手繼續按著傷口，眼淚又開始默默掉下來。她沒有再發出聲音，她也再發不出聲音。

第十章

在宮外埋伏包抄著皇宮的藍為中等人見宮中的人該走的也走的差不多了，每個人離開時都有人檢查，怕是順王或旋月喬裝逃走。到差不多快天亮了，順王和旋月還不見影蹤，想著他們必定還在宮裡，所以他們就開始領軍進宮查探。

由於一切比想像中輕鬆，段無慮也跟著藍為中從正門直進大殿，其他人則搜索還有沒有人躲著。

藍為中先入大殿，驚見一頭髮凌亂的女子坐在龍椅前，馬上想拔劍防範，可在他身後的段無慮認得她的身影。

「藍兄，慢著。」他衝過去查看。

旋月模糊地看著闖進來的人們，也已經搞不懂是什麼情況。

「月兒。」他溫柔地叫著。

她驚慌地向後退，眼前什麼人，她已經不認得了。

「我是無慮啊，你怎麼了？發生什麼事了？」他想碰她，可她顯得更懼怕。

「怕是嚇壞了，瘋了。」他們的軍醫胡辰忽然說道。

段無慮整個人愣了，不會的，她不會有事的。

「月兒，你說句話啊，你看著我，我是無慮。」他依然著急地看著她。

她依然全無反應，只是把自己縮在一方，遠離著他。

「報！順王被發現躺在『冬梅宮』臥房中，已無氣息，相信是中毒而死。」一名士兵突然傳來口訊。

大家都嚇了一跳，順王死了？

「我猜應該是旋月下的藥吧。」莫知勇說道。

「昨晚到底怎麼了？」藍為中完全一頭霧水。

「反正現在順王也死了，我們也沒有什麼好做的，好好收拾這殘局吧。」莫知勇回道。

「無慮，她還好嗎？」

段無慮決定把旋月拖起來問話，這樣下去也不是方法，他自己也急了，誰知一拉，旋月立刻攤了在地上，臉上盡是痛苦狀。

他們這才察覺她腿上的傷又在溢血。

「月兒！你的腿怎麼了？」段無慮立刻抱起她，旋月還是沒有說話，呆呆地看著他，然後暈了過去。

「胡辰，馬上替她療傷！」段無慮吼道。

「是。」三人隨即去了偏殿。

藍為中憂心地看著他們離去，他很怕是因為他而弄到旋月這樣。

「藍兄，我們還是讓段兄處理好旋姑娘的傷再說吧，我們先討論怎樣整理現狀吧。」莫知勇說道。

胡辰仔細地檢查旋月的傷勢，除了腿傷，他還發現她吃了毒啞嗓子的藥。

「段首領，旋姑娘的腿傷我已經替他包紮好，可傷口深見骨，怕就算醫好，行動能力還是有問題，可能會終身殘廢。」

「這不要緊，我會照顧她，可為什麼她都不認得人呢？又不說話了？」

「依我看來，她好像服了毒啞嗓子的藥，所以失去了說話的能力，至於精神狀況，應該是因為受了頗大打擊，所以有了創傷症，弄得精神有點失常，我估計她腿上的傷很有可能都是自己造成的。」

段無慮整個人都傻了，旋月為什麼會變成這樣？是因為他嗎？

「這能治得好嗎？」他眼眶泛紅了。

「很難說，病者情況可能會時好時壞。」

「你先出去吧，我想單獨和她說說話。」

「好的，我去替旋姑娘熬些藥。」

段無慮看著旋月，她憔悴了很多，消瘦了很多，都是因為他的錯，她已經受了很多打擊，而又給自己無情的話而傷害，所以她崩潰了。

他心痛地摸著她的臉，淚水止不住地掉落，一切都於事無補了，他做錯了，他做錯了，他的心比給千刀萬剮還要痛，可他也沒辦法補償他對她造成的傷害。

過了一陣子，旋月醒了。

「你感覺怎樣了，還好嗎？」

旋月看著他，一臉惘然。

「痛嗎？」他輕聲問。

她搖頭，感覺比剛才平靜多了。

「認得我是誰嗎？」他期盼著。

她也搖搖頭。

「想看星星嗎？記不記得我們曾經約定要一起去看星星？現在去季亞草原還有點遠，可是我可以帶你去看星星，想看嗎？」

她點點頭。

他小心地抱起她，往皇宮裡的「觀星樓」走著。

第十章

他把她輕輕地放在椅子上。

「你看看，滿天都是星星，雖然沒有在季亞草原的漂亮，可是你再等我幾天，我很快就帶你去，然後永遠地陪著你，好嗎？」

她只是仰望著星空，沒有回應。

突然，有個士兵跑了上來找段無慮。

「段首領，藍首領有些急事要找你商議，他就在樓下，說很快就好。」

段無慮只好快去快回。

「月兒，你等等我，我很快回來。」

旋月看著他跑了下去，又繼續呆望星空。

突然，她聽到熟悉的兩把聲音，她認得是她們。

一個是鳳凰，一個是藍寶兒。

她轉過頭看，她看見她們二人肩並肩地上著樓梯，她怕得想逃。

她別過頭去，想避開她們視線。

「喲，旋妹妹啊，你怎麼在這兒？也在看星星嗎？」鳳凰尖聲說道。

「無慮叫我們在這兒等他，原來你也在這兒。」藍寶兒說道。

旋月沒有理睬她們。

「妹妹怎麼不說話了？見到姐姐們不開心嗎？」二人走近站在旋月前面。

「聽說妹妹走也走不動，連罵人都不行了，幹嘛要這樣作踐自己呢？」藍寶兒看著她的腳笑道。

旋月狠狠地瞪了她們一眼。

「不過是個男人而已，無慮說了把我們都留在宮中，以後我們無分大小，你說可好啊，哈哈哈哈。」

旋月摀住耳朵，不想再聽到她們的聲音。

「妹妹，你這樣還不如死了算了，你愛的男人都不愛你了，活著還幹什麼？不過，段無慮這麼好，換著我也捨不得他。」藍寶兒輕聲在旋月耳邊說道。

旋月拼命搖著頭，想甩走她們的聲音。

「不想聽嗎？你腰間的藥瓶裡不是還有顆藥嗎？拿出來吃了，就什麼也不必聽到了。」鳳凰冷笑道。

旋月摸摸腰間，昨天的小藥瓶還在，她立馬倒出藥丸。

「吃啊，不吃就沒時間了，快吃啊。」鳳凰催促她。

旋月把那藥丸也吞了，定一定神後，果然，鳳凰和藍寶兒都不見了。

她急促的呼吸終於鬆了一口氣。

不一會兒，段無慮上來了。

「月兒，沒事了，今晚我就陪你看星星，看到你累為止好嗎？」他微笑著。

她沒有回應。

「對了，有些事想跟你說，你知道嗎？藍為中答應了待整頓好兵權和其他事情後會分旋族本來的那片地給我封王，讓你做我唯一的王妃，我們可以到季亞草原定居，然後替你的族人立碑，紀念他們，你說這樣好嗎？」

旋月聽著，心中有些疑惑，唯一的王妃？那鳳凰和藍寶兒呢？

她往左右張望著。

「月兒，你在找什麼？對了，我還要對你說清楚，我和藍寶兒藍姑娘其實什麼關係都沒有，她已經被她兄長送回藍族，平凡地生活著。而鳳凰，她現在也在很安全的地方，記得莫知勇嗎？他也會在不久回去找她，像我照顧你一樣照顧她一輩子。」

旋月忽然流下淚來，她一字一句都聽得很清楚，可這都是真的嗎？她伸手摸摸段無慮的臉，他是真的，他是真的。

「月兒，記得我了嗎？」

旋月忽然抱著段無慮，失聲地痛哭著，他是真的，他說的都是真的。她一直抽動著，非常激動。

「月兒，沒事了，別哭，別哭。」

旋月忽然感到喘不過氣，她手捏得他更緊，可慢慢，她失去力氣了，再次倒在他懷裡，口中吐出鮮血。

「月兒，怎麼了？」他搖晃著她，可她沒有反應了。

段無慮立刻把她抱回去，找胡辰救她。

「首領，這次，恕我無能為力了。」胡辰搖頭道。

「你說什麼？什麼無能為力？她剛才還好好地，怎麼突然間又會暈了？」他抓著胡辰的衣領。

「旋姑娘不是暈了，是…是死了。」

「不會的！你再看清楚，不會的，她還抱著我哭，不會的！」

「我在診脈時診出旋姑娘是中毒而死，估計她剛才又吃了一顆毒藥，所以才會致命。」

段無慮立刻翻旋月的衣服，果然找到一個小藥瓶，裡面也空了。

他瞬間癱坐在地上，再也說不出話來。

「段首領，你就節哀吧，旋姑娘的情況這麼不穩定，她服毒自殺也是避免不了的悲劇。」

「是我沒看好她，我不該離開她半步，是我不好。我已經害到她瘋了，現在又是我害死她。」

「段首領…」

「你先出去吧，我需要一個人靜一下。」

段無慮無法相信她就這樣在他懷中離去，從此在他生命中消失。他以為捱過這一切就能夠雨過天晴，可他沒想過，她受過的苦早已壓得她喘不過氣，是他不好，都是他不好。

他緊緊地握著她的手，跪在地上，痛哭失聲。

這樣過了一晚，突然有人敲門。

「誰？」他低喃。

「回段首領，有個叫雅容的宮女說要來找旋月姑娘。」

雅容？

「讓她進來。」

推開門後，雅容也給眼前的景象嚇壞了。

「主子，主子你怎麼了？」她衝了過去。

看著旋月蒼白的臉，雅容哭了起來。

「都是我不好，你們都怪我吧。」段無慮無力地說道。

「段將軍，你別這樣說，主子絕不會怪你的。我知道主子心裡一直深愛著你，她絕對不會怪你的。」

段無慮又在抽泣起來。

「本來，我以為你們兵變成功，我可以回來繼續服侍主子，看著你們幸福生活，沒想到……她說她要等一個人，我知道她等的就是你。」

「她真的這麼說？」

雅容點點頭。

「雅容啊，是我不好，可她現在人也走了，你要去哪兒也是你的自由了，我只想帶著她的骨灰回到她想去的地方生活。」

「段將軍，請你也節哀順變吧，我知道主子其實還很喜歡跳舞，我看過一次，真的很漂亮很好看，她那個箱子裡全都是她的舞衣舞鞋，要是你要走，把她喜愛的物品都帶回去吧。」雅容指著旋月房間角落裡的一個箱子。

「謝謝你，雅容。」

雅容走了之後，段無慮打開了箱子，裡頭全是她的香味，她的衣服，她的鞋子，都是她的影子，段無慮摸著她的衣服，想像著她那時在他眼前跳舞旋轉的樣子。

幾天後，段無慮幫助藍為中整頓好殘局，受封為爵後，他就回到旋月的故鄉生活，而藍為中就成了皇帝，重新統領眼前爭取得來的江山，由於得來不易，所以倍加珍惜。莫知勇也打算回去照顧鳳凰，看到段無慮後，他們兄弟倆相擁告別，段無慮只著他定必要好好愛惜著鳳凰，因為今生有緣能白頭偕老，著實不易。

把旋月火化後，他把她的舞衣、舞鞋、她戴來跳舞的面具和骨灰都帶回季亞草原，每天，他會在草原上生著火，把她的舞衣、舞鞋、面具和骨灰放在前面，吹奏著她愛聽的曲子，想像和她一起在這美麗的草原上看星星。

「等到所有紛爭完了，把我帶到這裡，我們永遠在一起。」她的話依稀還在耳邊，他沒有食言，他沒有忘記。

她在他心中沒有離開過，她還是在月光下，在他眼前旋轉著，跳著舞。她也許是天上其中一顆閃亮的星星，又或許是那顆潔白的月亮，反正，現在已經沒有任何東西再能分開他們了。

（完）

國家圖書館出版品預行編目資料

古惑 I / 月輪 著 --初版--
臺北市：博客思出版事業網：2015.8
ISBN：978-986-5789-65-7（平裝）
857.7 104011361

現代輕小說 5

古・惑 I

作　　者：月輪
美　　編：林育雯
封面設計：林育雯
執行編輯：張加君
出 版 者：博客思出版事業網
發　　行：博客思出版事業網
地　　址：台北市中正區重慶南路1段121號8樓14
電　　話：(02)2331-1675或(02)2331-1691
傳　　真：(02)2382-6225
E—MAIL：books5w@gmail.com
網路書店：http://bookstv.com.tw/　http://store.pchome.com.tw/yesbooks/
博客來網路書店、博客思網路書店、華文網路書店、三民書局
總 經 銷：成信文化事業股份有限公司
劃撥戶名：蘭臺出版社　帳號：18995335
香港代理：香港聯合零售有限公司
地　　址：香港新界大蒲汀麗路36號中華商務印刷大樓
C&C Building, 36,Ting, Lai, Road, Tai,Po, New,Territories
電　　話：(852)2150-2100　傳真：(852)2356-0735
總 經 銷：廈門外圖集團有限公司
地　　址：廈門市湖裏區悦華路8號4樓
電　　話：86-592-2230177
傳　　真：86-592-5365089
出版日期：2015年8月 初版
定　　價：新臺幣280元整（平裝）
ISBN：978-986-5789-65-7